Barbara Wensch

Grimmiger Tod

© 1. Auflage 2016

Herstellung und Verlag:

BoD – Books on Demand, Norderstedt

Umschlaggestaltung: www.mediadesign-farbraum.net

Umschlagfoto: www. mediadesign-farbraum.net

ISBN 978-3-7412-5374-4

Patricia Christner

Barbara Wensch

Grimmiger Tod

*Für alle, die sich in diesem Buch
wiedererkennen*

Schreiben ist Recherche.

Prolog

Sie wusste, dass sie verdammt spät dran war. Deshalb beschleunigte sie ihre Schritte. Langsam wurde ihr kalt. „Wäre ich doch nur früher losgegangen, dann wäre ich jetzt schon Zuhause", dachte sie. Obwohl Zuhause eigentlich der falsche Begriff war. Aber das war ihr jetzt egal. Sie beschloss, die Abkürzung durch den Wald zu nehmen. Auch wenn es langsam dunkel wurde. Durch den Wald sparte sie sich sicher eine Viertelstunde. Sie hielt kurz an, um ihre Schuhe auszuziehen. Ihre Highheels waren für den Waldboden einfach ungeeignet. Vor allem beim schnelleren Gehen versank sie ständig in den bemoosten Boden. Die Kälte des verspäteten Winters kroch ihr unerbittlich unter die Kleidung. Fröstelnd schlang sie ihre Arme um sich. Tagsüber war der Wald ein so wundervoller Ort, an dem man die Ruhe genießen und seinen Gedanken nachhängen konnte. Er wirkte befreiend. Aber jetzt in der

Abenddämmerung verwandelte er sich in ein dunkles, beengendes Stück Erde, an dem man von unerklärbaren Geräuschen erschreckt wurde. Es war, als würde der Wald nachts zum Leben erwachen und seine Wohlgesinnung gegenüber den Menschen verlieren. Fröhliches Vogelgezwitscher, das so friedlich war, wurde von den beunruhigenden Schreien der Uhus und Eulen vertrieben. Das Mondlicht kam kaum gegen das bedrückende Schwarz der Nacht an, das den Wald bis in seine letzten Ecken auszufüllen schien. Auch die großen, alten Bäume, die tagsüber ihr schützendes Blätterdach ausbreiteten, verwandelten sich in meterhohe, schier unüberwindbare Mauern, die unerwünschte Eindringlinge abhalten sollten. Ein lautes Knacken zerbrach die beklommene Stille um sie herum. Abrupt blieb sie stehen und drehte sich um. Doch sie erblickte nur die einsame Schwärze des Waldes. „Das war nur ein Tier", murmelte sie vor sich hin und lief weiter. Schneller als zuvor. Schon wieder ein Knacken. Diesmal von rechts. Sie warf einen kurzen Blick zur

Seite. Sie fühlte sich beobachtet. Ihr Herz schlug ihr bis zum Hals. Sie wollte schon weiterlaufen, als sie ein erdrückendes Gefühl beschlich. Sie bekam kaum noch Luft. Sie fasste sich panisch an den Hals. Da fühlte sie den schrecklichen Schmerz, der ihren gesamten Körper erzittern ließ. Sie hatte unglaubliche Angst. Todesangst. Sie tastete nach den kräftigen Händen, die erbarmungslos an ihrem dünnen Seidenschal zogen. Langsam verließen sie ihre Kräfte. Sie versuchte nicht mehr, sich den Schal vom Leib zu reißen. Ein schreckliches Gefühl machte sich in ihrem Körper breit. Ihr letztes Gefühl. Bis es sie komplett ausfüllte. Und sie ihm nachgeben musste. Leere.

1

„Ach du meine Güte!", entfuhr es Barbara Wensch, als sie ihren Blick über den neuen Tatort schweifen ließ. Ein sechzehnjähriges Mädchen, das erdrosselt am Waldrand aufgefunden wurde. Sie hatte pechschwarze Haare und auffällig rot geschminkte Lippen. Außerdem trug sie ein schlichtes weißes Kleid und keine Schuhe. Das war seltsam, da es Mitte Februar und damit eigentlich noch viel zu kalt für diesen Kleidungsstil war. „Wisst ihr schon, wie sie heißt?", fragte Barbara einen Kollegen der Spurensicherung, der hinter ihr kniete und irgendetwas in eine kleine Plastiktüte steckte. „Nein leider nicht, Frau Wensch. Sie hatte weder Handtasche, Geldbeutel noch sonst irgendwelche persönlichen Gegenstände bei sich", antwortete er sachlich. Barbara schaute sich erneut um. Als ihr Blick auf die Leiche traf, hielt sie kurz inne. „Warum werden so junge Menschen umgebracht? Wer macht denn sowas?", fragte sie sich. In all den Jahren, die sie nun schon bei der Kriminalpolizei war, hatte sie Morde an Kindern nie nachvollziehen können. Sie hatte nie verstehen können, was in einem Menschen vor sich gehen konnte, damit er zu so etwas Grausamen fähig war. Die Tote war nur ein paar Jahre jünger als ihre Nichte Helena. Sie sah ihr zwar nicht besonders ähnlich, aber wenn Barbara nur daran dachte, dass Helena da liegen würde… „Ach, hallo Barbara! Kein schöner Anblick für den letzten Tatort, oder?". Barbara drehte sich aus den Gedanken gerissen um, sah ihrem Chef direkt in die Augen und sagte: „Nein, das ist wirklich nicht das, was ich mir vorgestellt habe! Aber vielleicht ist das ja doch nicht der letzte Mordfall! Zwei Wochen sind schließlich eine lange Zeit, um noch ein paar Leichen zu finden!" „Ach, Frau Kriminalhauptkommissarin! Ich versteh dich nicht! Nach über 41 Jahren bei der Polizei und fast 33 bei der Mordkommission müsstest du doch eigentlich genug von Leichen und Mördern haben!", erwiderte der Chef ungläubig. „Du kennst mich doch, Helmut. Aber jetzt mal zu unserer Toten:

Weißt du schon irgendetwas über sie? Ich finde den Mord, und davon können wir ausgehen, so schön wie sie dort aufgebahrt ist, schon etwas seltsam. Ich kann mich an keinen ähnlichen Fall erinnern", erklärte Barbara. Helmut ging ein paar Schritte Richtung Leiche und blieb dann abrupt stehen. Er kniete sich auf den Boden und hob etwas auf. Dann drehte er sich um und kehrte zu Barbara zurück. „Da, schau! Wer hat den denn da verloren? Wie lange der da wohl schon liegt?", fragte Helmut und streckte Barbara einen angebissenen Apfel entgegen. „Woher soll ich das jetzt wissen? Einen Tag, schätze ich mal. Aber genauer kann dir das sicher die Spurensicherung sagen. Ich glaube, wir sollten zurück ins Büro fahren. Die von der Spurensicherung sind gut. Wenn die etwas wissen, dann erfahren wir das doch eh sofort!", antwortete Barbara, die ihren Blick noch einmal zur Leiche wandern ließ und dann zum Auto ging, um zur Dienststelle zu fahren.

Es war bereits nach 22.00 Uhr, als Helmut Altenberger mit einer dampfenden Tasse Kaffee in der Hand sein Büro verließ und das grelle Licht ausschaltete. Er war in letzter Zeit abends öfter länger in der Arbeit geblieben, um alte Fallakten zu sortieren, die ihn noch immer beschäftigten. Er versank dabei meist in sinnlose Recherchen über längst abgeschlossene Gerichtsverhandlungen, ergebnislose Fahndungen oder vermeintliche Ermittlungsfehler von mittlerweile uralten oder sogar schon verstorbenen Kommissaren. Seine Frau war von seinem nächtlichen Arbeitsgeist natürlich wenig erfreut. Sie hielt ihm schon seit einigen Jahren vor, dass er zu wenig Zeit für sie und seine Kinder hätte. Helmut ließ sich von dieser Sache jedoch nicht sonderlich beeindrucken. Er kannte seine Frau doch zu gut. Sie würde ihn niemals verlassen, nur weil er abends etwas länger wegblieb. Außerdem konnte er nach den nächtlichen Recherchen stets besser und beruhigter einschlafen. Normalerweise war Helmut der

Letzte, der das Büro verließ. Natürlich abgesehen von den vier uniformierten Polizisten, die unten in der Wache saßen und kaffeetrinkend und kartenspielend darauf warteten, dass die Nachtschicht endlich vorbei war und sie zu Hause in ihre warmen Betten kriechen konnten. Doch heute schien etwas anders zu sein als sonst. Während Helmut die alte Holztür zu seinem Bürozimmer zuzog und in seiner Hosentasche nach dem passenden Schlüssel kramte, fiel sein Blick auf einen matten Lichtstrahl, der am Ende des langen, weißen Ganges unter der Tür hervorlugte. Leise sperrte er die Tür ab, stellte die Kaffeetasse auf den Boden und zog dann ganz vorsichtig seine Dienstwaffe aus dem Holster, um jeglichen Lärm zu vermeiden. „Wer kann das denn sein? Um diese Uhrzeit noch im Büro? Einbrecher werden es ja wohl kaum an den Kollegen unten an der Wache vorbeigeschafft haben…", dachte Helmut, der sich langsam der Bürotür mit dem ominösen Lichtstrahl näherte. Es dauerte eine gefühlte Ewigkeit, bis er am Ende des dunklen Ganges ankam. Vor der Tür blieb er stehen, zählte innerlich bis drei und trat dann mit einem gekonnten Fußtritt gegen die Mitte der Holztür. Sie flog mit einem Krachen auf und Helmut hielt der entsetzt dreinschauenden Barbara Wensch, die vor lauter Aufregung aufgesprungen war, seine Pistole vor das Gesicht. „Ich bin's doch nur, Helmut! Was soll das denn? Willst du mich erschießen?", brachte die Kommissarin zitternd hervor, als sie sich von ihrem ersten Schrecken erholt hatte. „Oh Barbara, es tut mir ja so leid! Natürlich will ich dich nicht umbringen! Aber was machst du denn noch hier? Ich dachte, es seien irgendwelche Einbrecher oder andere unbefugte Personen in deinem Büro!", stammelte Helmut seine Pistole in das Holster zurückschiebend, verwirrt. Die Ermittlerin ließ sich wieder in ihren leicht veralteten, aber dennoch bequemen Bürostuhl sinken und erklärte mit etwas angespannter Stimme: „Ach, weißt du… Dieser Mord an dem jungen Mädchen im Wald… Du kennst mich doch! Wenn mich einmal ein Fall gepackt hat, lässt er mich nicht mehr los. Ich muss dann solange denken und grübeln, bis ich die Lösung gefunden habe. Außerdem wird das wahrscheinlich der letzte Fall meiner Laufbahn sein, den kann und will ich nicht unabgeschlossen zurück lassen. Vor allem nicht, wenn das Opfer noch so jung war. Kindermörder müssen doch besonders schnell gefunden werden. Ich kann nicht zulassen, dass so etwas nochmal geschieht." Gedankenverloren warf sie einen Blick auf die Ermittlungsfotos, die überall verstreut auf ihrem Schreibtisch lagen. Sie nahm eines in die Hand, betrachtete es kurz und ließ es dann wieder auf den Tisch fallen. Helmut legte behutsam seine Hand auf Barbaras Schulter und sagte dann in einem mitfühlendem Tonfall: „Ich weiß, Barbara. Aber es hilft doch nichts nächtelang im Büro zu verbringen und sich Fotos anzusehen. Willst du nicht nach Hause fahren und morgen weiter machen?" „Ja ich werde jetzt fahren! Ich weiß jetzt nämlich, wie ich den Namen unserer Toten herausfinde.", stieß die Kommissarin aufgeregt hervor, sprang auf, nahm ihren roten, zuvor achtlos über den Computer geworfenen Trenchcoat und lief zügig aus dem Raum. Helmut blickte ihr verwirrt hinterher und dachte sich, als er seinen mittlerweile kalten Kaffee holte: „Ich werde sie wohl nie verstehen." Dann verließ auch er endlich die Dienststelle und fuhr nach Hause zu seiner Familie.

Die Regentropfen prasselten wie Gewehrkugeln auf das Dach des alten, roten Skodas, als Barbara Wensch in die grell beleuchtete Einfahrt einbog und ruckartig anhielt. Sie sah angewidert gen Himmel, öffnete dann aber die Autotür und stieg aus. Ihre beigen, nicht gerade wassertauglichen Halbschuhe saugten sich sofort mit dem kalten Regenwasser voll, während sie auf das zartgelb gestrichene Doppelhaus zulief. Ihr Blick wanderte zu dem einzig beleuchteten Zimmer im ersten Stock. Sie schüttelte verständnislos den Kopf und drückte dann zwei Mal den Klingelknopf, neben dem ein Klingelschild mit dem Namen *Rössle* angebracht war. Nach ungefähr drei

Minuten wurde die schwarze Holztür von einer müden, genervt dreinschauenden Frau im schnell übergezogenen Morgenmantel geöffnet. Als Barbara die Frau erblickte, rief sie leicht überschwänglich: „Na endlich Sonja! Ich dachte schon, dass ich hier draußen erfrieren muss. Ich brauche deine Hilfe." Barbara schob die ziemlich überraschte Sonja zur Seite und betrat das Haus. Nachdem die müde Hausherrin begriffen hatte, wer sie so spät am Abend noch störte, machte sie die Tür wieder zu und lief Barbara hinterher ins Wohnzimmer. Diese hatte mittlerweile auf dem zerknautschten, grauen Sofa Platz genommen und sah Sonja, als diese herein kam, erwartungsvoll an. Sonja schaltete den Fernseher aus, setzte sich neben die nächtliche Besucherin und fragte sie: „Was ist denn los, Schwesterherz? Ist etwas passiert, oder warum kommst du mitten in der Nacht vorbei und klingelst mich vom Sofa?" „Ich muss mit Helena sprechen. Ich habe gesehen, dass bei ihr oben noch Licht brennt und ich brauche ihre Hilfe bei einem

Fall. Kann ich zu ihr nach oben gehen?", rechtfertigte die Kommissarin ihren späten Besuch. „Äh ja schon, aber was willst du denn von ihr? Hat sie etwas angestellt?", wollte Sonja mit leicht besorgter Miene wissen. Doch ihre Schwester war schon aufgesprungen und murmelte nur noch ein: „Nein, nein. Es hat nichts mit ihr zu tun…", und ging dann die Treppe hoch in den ersten Stock. Oben angekommen ging sie schnurstracks auf Helenas Zimmer zu und öffnete, ohne anzuklopfen, die Tür. „He Mom! Was soll das? Ich latsche doch auch nicht einfach so in dein Zimmer und-", doch Helena brach den Satz ab, da sie bemerkte, dass nicht ihre Mutter, sondern ihre Tante Barbara der ungebetene Gast war. Diese sagte: „Hallo Helena. Schön dich einmal wieder zu sehen. Ich wollte dich nicht stören, aber ich bräuchte deine Hilfe bei einem Fall." Helena erwiderte leicht überrascht: „Oh, hi Barbara! Sorry, dass ich grad so agro war. Ich dachte, meine Mom würde schon wieder mal ungefragt in mein Zimmer latschen… Aber egal. Du hast gesagt, du bräuchtest meine Hilfe? Was kann ich denn für dich tun?". Die Kommissarin sah sich in dem Zimmer ihrer Nichte um. Die Wände waren in einem zarten Grünton gehalten, der ab und an durch Fotocollagen, die Helena zusammen mit ihren Freunden bei sämtlichen Freizeitaktivitäten zeigten, unterbrochen wurde. Unter einem großen Fenster mit weißem Rahmen stand ein breites, ebenfalls weißes Doppelbett. Der Bettbezug war passend zu den fliederlilanen Vorhängen und dem flauschigen Teppich ausgewählt worden, was dem ganzen Zimmer ein besonderes Flair verlieh. Das Zimmer hatte sich in den letzten 21 Jahren so oft verändert, dass Barbara jedes Mal erneut erstaunt war, wie schnell Helena doch erwachsen geworden war. Die bildhübsche, junge Frau, die in einem bauchfreien, schwarzen Schlafanzugsoberteil und grauer Joggingshose auf einem weißen Drehstuhl vor ihrem Laptop saß und ihrer Tante aus erwartungsvollen Augen entgegenblickte, glich dem kleinen, tapsigen Mädchen von vor 15 Jahren, das am liebsten rosa trug und

Prinzessin spielte, kaum mehr. Helena hatte ihre kastanienbraunen Haare locker zu einem Pferdeschwanz zusammengebunden und trotz der späten Stunde noch etwas Wimperntusche und zartrosa Lipgloss aufgelegt. Wie schnell die Zeit doch verging, dachte Barbara, bevor sie Helena antwortete: „Also. Ich ermittle gerade in einem neuen Fall. Es geht um ein erdrosseltes, circa sechzehnjähriges Mädchen mit schwarzen Haaren. Leider kennen wir ihren Namen nicht. Ich habe sie weder bei den Vermisstenanzeigen, noch bei den Fahndungsbildern gefunden. Und deshalb wollte ich dich fragen, ob es vielleicht möglich wäre, ihren Namen über Facebook oder so eine Plattform herauszufinden? Glaubst du, du könntest dich dort einmal umhören?" Helena schaute ihre Tante leicht verwirrt an. Barbara hatte ihr noch nie von ihrer Arbeit, geschweige denn von einem ihrer Fälle erzählt. Dabei hatte sie sich früher so wahnsinnig dafür interessiert. Nach einigen Jahren hatte sie sich dann aber doch damit abgefunden, dass das Thema „Kriminalpolizei" bei Barbara hoffnungslos war. Sie hatte es aufgegeben, ihr Fragen über Ermittlungsmethoden, Verhörstrategien und Phantombilder zu stellen. Mittlerweile hatte Helena andere Interessen, wie zum Beispiel ihr Geschichts- und Deutschstudium. Sie wollte keine Detektivin mehr, sondern Historikerin, spezialisiert auf das 19. Jahrhundert, werden. Deshalb war sie umso überraschter, dass ihre Tante ausgerechnet sie um Hilfe bat. Schließlich antwortete Helena: „Äh, aber natürlich. Ich fange gleich mal an." Sie beugte sich über ihren Bildschirm und drückte auf einigen Tasten herum. Barbara sah ihr leicht skeptisch dabei zu und sagte dankbar: „Danke Helena. Ich bin echt froh, dass du mir hilfst. Du weißt ja, ich bin von der modernen Technik nicht gerade überzeugt, aber ihr jungen Leute seid da anders. Naja was solls, ich muss dann wieder los." Helena hob grinsend ihren Kopf und sagte dann noch: „Du hast nicht zufällig ein Bild von der ominösen 16-Jährigen dabei, oder?" Barbara, die schon Richtung Tür gegangen war, drehte sich noch einmal um und erwiderte in einem bestimmenden Ton: „Ich hätte eins. Das stammt allerdings vom Tatort und diesen Anblick werde ich dir ersparen. Ich ruf dich morgen Vormittag mal an. Ich hoffe, du hast bis dahin ein paar Informationen für mich." Damit verließ die Kommissarin den Raum und machte sich wieder auf den Weg nach draußen zu ihrem Auto.

2

Die ersten Sonnenstrahlen des Tages blendeten Barbara Wensch, als sie ihre Wohnung verließ und sich auf den Weg zum kleinen Bäcker um die Ecke machte. Der Geruch des Regens lag noch deutlich in der Luft und breite, schlammige Pfützen verzierten den leicht renovierungsbedürftigen Bürgersteig. Barbara hatte in der letzten Nacht kaum geschlafen, da sie über den Fall nachgedacht hatte. Immer wieder erschien das Bild der Toten vor ihren Augen. Ganz in Gedanken versunken betrat sie die Bäckerei. Der Duft von frisch gebrühtem Kaffee und knusprigen Brötchen schlug ihr entgegen, als sie die Tür öffnete. Das überschwängliche „Guten Morgen, Frau Wensch" von der stets gutgelaunten Verkäuferin, ließ Barbara kurz zusammenzucken, bevor sie den morgendlichen Gruß erwiderte. In der Bäckerei war an diesem Morgen nicht sonderlich viel los. Nur ein Mann stand schläfrig mit seiner Zeitung an einem der

Stehtische und schlürfte seinen Espresso. Auch die Schlange vor der Theke war überschaubar. Sie bestand lediglich aus einer älteren Dame, die gerade in ihrem Geldbeutel wühlte, und einer jungen Frau, die ständig angespannte Blicke auf ihre Armbanduhr warf, da sie es anscheinend eilig hatte. Die Kommissarin stellte sich geduldig hinten an und wartete, bis sie an der Reihe war. Nachdem die ältere Dame ihr Geld gefunden und die junge Frau ihren „Cappuccino to go" erhalten hatte, grinste die Verkäuferin, die Tochter des Bäckers, Barbara auffordernd an. „Ich nehme mal an, wie immer, Frau Wensch?", sagte sie in einem Ton, von dem sich die meisten Bäckereiverkäuferinnen eine Scheibe abschneiden könnten. „Ja genau, Ingried. Ein schwarzer Kaffee mit zwei Stück Süßstoff und ein Tomate-Mozzarella-Sandwich ohne Tomaten. Dafür mit Gurken. Und wie immer, alles zum Mitnehmen", antwortete Barbara, wie jeden Morgen. „Ach, Frau Wensch. Ich hab mir ja schon überlegt, ob wir ihre Gurken-Mozzarella-Sandwiches als

"Wensch-Brötchen" verkaufen sollten", sagte Ingried, die die Tüte und den Kaffee über den Tresen reichte, glucksend. „Ja, machen Sie das ruhig! Noch einen schönen Tag und bis morgen!", entgegnete Barbara, während sie das Geld hinlegte. „Auf Wiedersehen, Frau Wensch!", rief Ingried ihr noch hinterher, als die Kommissarin die Bäckerei verließ.

Nachdem Barbara Wensch ihren Wagen in der internen Tiefgarage der Polizeidienststelle abgestellt hatte, machte sie sich auf den Weg zu ihrem Büro. Dort angekommen fiel ihr auf, dass die Bürotür nicht abgeschlossen war. „Helmut war auch schon mal zuverlässiger gewesen!", dachte sie kopfschüttelnd, während sie die Tür öffnete. „Entschuldigen Sie mal! Sie müssen sich in der Tür geirrt haben. Das hier ist mein Büro! Und Sie sitzen auf meinem Bürostuhl!", stieß Barbara empört hervor, als sie einen jungen Mann im dunkelgrauen Anzug, der sich bequem auf ihrem Stuhl niedergelassen hatte, erblickte. „Oh, sorry!

Sie müssen Frau Wensch sein. Ich habe ja schon so viel von Ihnen gehört. Sie sind ja quasi eine kleine Berühmtheit hier in der PI. Mein Name ist übrigens Christian Stein. Es ist mir eine Ehre, Sie kennen zu lernen.", erklärte der etwa 30-jährige Mann, der aufgesprungen war und Barbara seine Hand entgegenstreckte. „Aha, Herr Christian Stein. Und warum sitzen Sie um diese Uhrzeit in meinem Büro und lesen die aktuelle Fallakte?", gab die Kommissarin mit leicht verärgertem Ton und skeptischem Blick auf ihren Schreibtisch, auf dem die Akte lag, zurück. In diesem Augenblick wurde die Bürotür geöffnet und Helmut betrat den Raum. „Ach, das ist ja schön! Ihr habt euch also bereits kennengelernt. Also Barbara, darf ich dir vorstellen, dein Nachfolger: Christian Stein. Er ist ein ausgezeichneter junger Kollege mit eins a Voraussetzungen und top Qualifikationen. Er hat eine Spezialausbildung in IT und eine Sonderschulung in Ermittlungsstrategien. Außerdem wird er...", in diesem Moment wurde Helmut von der mittlerweile wütenden Barbara harsch unterbrochen. „Na hör mal! Ich bin immerhin noch fast zwei Wochen im Dienst! Und ihr tut alle so, als wäre ich schon lange nicht mehr existent! Es ist ja wirklich toll, dass der liebe Herr Stein hier so außergewöhnliche Talente besitzt, aber ich würde jetzt echt gerne meine Arbeit weitermachen, bevor ich durch eine jüngere Generation ersetzt werde! Also, darf ich bitten?!", blaffte sie erzürnt und mit einer eindeutigen Geste Richtung Tür. Helmut hob beschwichtigend die Hände und versuchte, sie zu beruhigen: „Aber Barbara. Niemand will dich hier ersetzen! Wir brauchen doch nur einen würdigen Nachfolger für dich. Und da hat sich Christian eben gut angeboten. Er…" „Es reicht jetzt! Raus! Aber sofort! Ich kann es wirklich nicht glauben! Nach all den Jahren! Und man wird vergessen, bevor man überhaupt weg ist!", schrie Barbara jetzt beinahe und schob Helmut zur Tür hinaus. Sie blickte Christian auffordernd an, doch dieser bewegte sich kein Stückchen. „Dank Ihnen ist mein Kaffee jetzt kalt geworden! Vielen herzlichen Dank!", motzte Barbara aufgebracht und hielt ihm ihren Kaffee vor die Nase. Dann ließ sie sich auf ihren Bürostuhl sinken und schaute Christian wütend an. Doch dieser antwortete ganz ruhig, aber sichtlich überfordert: „Das tut mir jetzt echt leid, Frau Wensch. Ich hole Ihnen einen Neuen." Damit drehte er sich verlegen um und ging Richtung Tür. „Schwarz und mit zwei Stück Süßstoff!", rief sie ihm noch hinterher. Nachdem Christian das Zimmer verlassen hatte, packte Barbara ihr Gurken-Mozzarella Sandwich aus und biss genüsslich hinein. Als sie sich ein wenig beruhigt und ihr Sandwich verspeist hatte, griff sie zum Telefon und wählte die Nummer ihrer Nichte Helena. „Hallo Barbara! Na endlich. Ich warte sicher schon seit einer Stunde auf deinen Anruf!", meldete sich diese. Die Kommissarin antwortete gelassen: „Aber, aber junge Dame! Um diese Uhrzeit beginnt man ein Gespräch mit einem anständigen „Guten Morgen" und nicht mit ungeduldigen Vorwürfen!". „Och Mann, Barbara! Dann eben guten Morgen. Ich habe wirklich sehr interessante Neuigkeiten für dich. Willst du die jetzt hören oder mir noch weitere Benimmregeln für den Alltagsgebrauch beibringen?", erwiderte ihre Nichte ungeduldig. „Ja, ja. Lass hören.", sagte Ermittlerin erwartungsvoll. Helena räusperte sich, bevor sie in einem aufgeregten Ton zu erzählen begann: „Also: Nachdem du gestern weg warst, habe ich sämtliche Internetforen nach deiner Toten durchsucht. Ich habe in jedem noch so kleinen Block nach vermissten 16-jährigen Mädchen gesucht. Da es von diesen jedoch tausende gibt, musste ich die Suche regional einschränken. Das hat die Sache jedoch nicht viel einfacher gemacht. Letztendlich habe ich dann in einem winzigem Chatroom für sogenannte „Außenseiter und Mobbingopfer" einen Treffer gelandet. Deine Leiche ist mit allerhöchster Wahrscheinlichkeit die 16-jährige Anastasia Berger. Sie hatte wohl nicht besonders viele Freunde. Nur ein einziges Mädchen hat sie vermisst. Und zwar die 17-jährige Regina Buchmayer. Sie vermisst ihre Freundin seit zwei Tagen und wohnt mit ihr im gleichen

Kinderheim. Genauer im Sankt Anna Kinderheim in der Mangoldstraße". Verblüfft blickte die Kommissarin den Telefonhörer an. Das hatte sie Helena wirklich nicht zugetraut. Den Namen der Toten vielleicht. Aber gleich noch ihre Adresse und die beste Freundin mit dazu und das in nur ein paar Stunden. Das war dann doch sehr außergewöhnlich. „Hey Barbara, bist du noch dran?", erkundigte sich ihre Nichte nach einigen Sekunden des Schweigens. „Äh ja. Vielen Dank, Helena. Vielleicht solltest du doch nochmal über deine Berufswahl nachdenken. Tschüss!", damit legte Barbara auf. Sie starrte ein paar Minuten auf den schwarzen Computerbildschirm, um ihre Gedanken zu ordnen. Vielleicht hätte sie sich in den letzten Jahren doch ein bisschen mehr mit der modernen Technik befassen sollen, dachte sie, als die Bürotür ruckartig aufgerissen wurde. „Hier bitte, Frau Wensch, Ihr Kaffee", brachte der leicht nach Luft schnappende Christian Stein, den neuen Kaffeepappbecher auf den Schreibtisch stellend, hervor. „Ah ja, danke Herr Stein. Ich muss jetzt leider los. Ich habe nämlich noch genau zehn Tage Zeit um diesen Mordfall aufzuklären." Damit stand Barbara auf, nahm ihren Trenchcoat und ihren Kaffee und ging Richtung Tür. „Ach, sagen Sie doch einfach Christian. Und äh, dürfte ich vielleicht, also nur wenn es keine Umstände macht, mitkommen?", fragte Christian vorsichtig. Die Kommissarin musterte ihn einmal von oben bis unten und sagte dann mürrisch: „Wenn es denn unbedingt sein muss, Christian. Du darfst gerne weiterhin Frau Wensch zu mir sagen. Und jetzt komm, bevor ich es mir anders überlege!"

Mit quietschenden Reifen bremste Barbara Wensch scharf ab, als sie bemerkte, dass sie die Einfahrt in den Parkplatz fast übersehen hätte. „Sie haben vielleicht einen Fahrstil! Haben Sie Ihren Führerschein in Tschechien gekauft, oder was?", bemerkte Christian Stein, sich an seinen Sitz klammernd, bestürzt. „Jetzt werde mir mal nicht frech, Bürschchen! Ich habe dir nicht befohlen, mitzukommen. Wenn du etwas an meiner

Fahrweise auszusetzen hast, kannst du gerne nach Hause laufen!", erwiderte Barbara schroff. Sie stellte ihren Wagen auf dem Besucherparkplatz des Sankt Anna Kinderheims ab und stieg aus. Sie schaute in Richtung Himmel, an dem sich beunruhigende Wölkchen gebildet hatten. Dann ließ sie ihren Blick zum Kinderheim schweifen. Es war nicht sonderlich groß, aber es wirkte deshalb auch nicht einladender. Es bestand aus einem grauen Hauptgebäude, dessen Fensterläden vor vielen Jahren einmal blau gewesen sein mussten. An einer Wand prangte ein Graffiti, das nur notdürftig mit weißer Farbe übermalt worden war. Außerdem gab es zwei kleine, ebenfalls graue Nebengebäude. Das freundlichste an dem schäbigen Bau war ein kleines Gärtchen mit einer Schaukel, einer Rutsche und einigen Blumenbeeten. Es befand sich hinter den beiden Nebengebäuden und grenzte nur mit einer Seite an die dichtbefahrene Straße. Barbara ging dicht gefolgt von Christian auf den Haupteingang zu. Als sie die große, verglaste Doppeltüre aufzog, schlug ihnen ein widerlicher Geruch von Desinfektionsmittel entgegen, der sie an ein Krankenhaus erinnerte. Vermischt mit dem süßen Duft eines Früchtetees hatte dies etwas derart Paradoxes an sich, dass die Kommissarin nicht wusste, ob sie lachen oder weinen sollte. „Ach du liebes Bisschen!", stieß Barbara hervor, die die schäbige Einrichtung des Kinderheims erblickte. „Das kann man wohl sagen!", bestätigte der junge Kommissar, dessen Blick auf die heruntergekommenen Stühle und die verstaubten Bilder im Wartebereich traf. Eine ältere Dame im weißen Wollpullover, die sie neugierig von der Rezeption aus beobachtete, verbesserte das Krankenhausgefühl in diesem Kinderheim auch nicht sonderlich. Die Kommissarin lief geradewegs auf sie zu und sagte bestimmend: „Guten Tag! Mein Name ist Wensch und das ist mein Kollege, der Herr Stein. Wir sind von der Kriminalpolizei, genauer von der Mordkommission. Wir würden gerne mit Ihrem Chef und mit einer gewissen Regina Buchmayer sprechen. Es geht um ein Mädchen, das hier in diesem Haus wohnt." Die Empfangsdame legte ihr Strickzeug zur Seite, nippte gemächlich an ihrem Tee und sah die beiden Kommissare kurz misstrauisch an. Dann drückte sie ein paar Knöpfe auf dem altertümlichen Telefon vor ihr und nahm geduldig den Hörer in die Hand. Nach einigen Sekunden der Stille sagte sie zu der Person am anderen Ende der Leitung: „Entschuldigen Sie die Störung, Frau Kunert. Aber hier sind zwei Kriminalbeamte, die gerne mit Ihnen und dem Fräulein Buchmayer sprechen würden. – Ja, danke Frau Kunert. Ich werde es ihnen selbstverständlich ausrichten." Die Rezeptionistin legte den Hörer zurück und betrachtete Barbara irritiert, da diese angefangen hatte, die schon leicht veralteten Flyer, die auf dem abgenutzten Eichentresen lagen, zu durchstöbern. Sie räusperte sich, um ihre Aufmerksamkeit zurückzugewinnen und sagte schließlich: „Meine Chefin erwartet Sie in ihrem Büro. Einfach da vorne rechts und dann den Gang entlang. Die vorletzte Tür links, da finden Sie es." Die Frau war aufgestanden und wies den Beiden mit ausgestrecktem Arm die Richtung, in die sie gehen mussten. Seine neue Kollegin war schon losgelaufen, als Christian noch schnell ein „Dankeschön" murmelte und ihr dann folgte.

Die Einrichtung des Kinderheims war auch hinter dem Empfangsbereich nicht besser. Die scheußliche, matschbraune Tapete blätterte schon an vielen Stellen von der Wand ab. Handgeschriebene Zettel an den Türen verrieten, was sich dahinter befand. Lieblos befestigte Kinderzeichnungen verzierten die staubigen Fenster. „Hier ist wohl alles nicht mehr ganz so auf dem neuesten Stand", bemerkte Christian und zeigte auf eines der Bilder, auf dem mit schwungvollen Buchstaben das Datum 04.08.1997 vermerkt war. „Die Broschüren am Eingang waren von 2001 und diese Gardinen haben wahrscheinlich auch schon bessere Tage gesehen", entgegnete die Kommissarin mit Blick auf die sandfarbenen Vorhänge, die sicherlich einmal sonnengelb gewesen waren. Christian blieb vor der Tür, die zum Büro der Leiterin des Kinderheims führte, stehen und klopfte zögerlich. „Also, so wird das nie etwas!", sagte Barbara, schüttelte vorwurfsvoll den Kopf und öffnete dann die Tür, ohne auf das obligatorische „Herein" zu warten. Die Chefin erwies sich als leicht übergewichtige Endfünfzigerin, die ihre grauen Haare, in denen sich noch einige blonde Strähnen versteckten, zu einem Dutt zusammengesteckt hatte. Sie stellte sich als Halgart Kunert vor und bat die Kriminalpolizisten doch bitte Platz zu nehmen. Barbara ließ sich gegenüber von Frau Kunert in einem unbequemen Polsterstuhl nieder und Christian setzte sich daneben auf einen altertümlichen Holzstuhl. „Guten Tag, Frau Kunert. Mein Name ist Wensch und das ist mein Kollege, der Herr Stein. Wir sind von der Kriminalpolizei und müssen Ihnen eine dringende Frage stellen", begann Barbara das Gespräch mit den üblichen Sätzen. „Fragen Sie nur", sagte Frau Kunert hilfsbereit. Die Kommissarin zog langsam ein Bild aus ihrer Manteltasche hervor. Vorsichtig schob sie es über den Schreibtisch. „Kommt Ihnen dieses Mädchen bekannt vor?" „Um Himmels Willen, das ist Anastasia. Aber was ist denn mit ihr?" Frau Kunert hatte sich entsetzt die Hand vor den Mund geschlagen. Die Überbringung von Todesnachrichten war Barbara nie sonderlich leicht gefallen. Sie zählte auch nicht gerade zu den angenehmen Seiten ihres Berufes. Angehörige, die die Nachricht über den Verlust einer nahestehenden oder geliebten Person nicht verkrafteten oder ihn einfach nicht wahrhaben wollten, waren keine Seltenheit. Die Reaktionen derer waren zudem sehr unterschiedlich. Einige blickten ungläubig vor sich hin, bevor sie in bitterliche Tränen ausbrachen. Andere stierten fassungslos ins Leere und waren nicht mehr ansprechbar, weil sie die schrecklichen Tatsachen nicht begreifen konnten oder wollten. Manche wurden auch unglaublich wütend, da durch ein paar Worte, die ihnen schonend vermitteln sollten, dass ein geliebter Mensch nie wieder sprechen, nie wieder lachen, nie wieder atmen, nie wieder leben würde, ihre bisherige Welt zerstört wurde. Am schlimmsten war es, wenn man Eltern beibringen musste, dass ihre Kinder nie wieder nach Hause kommen würden. Dass sie sie nie wieder umarmen konnten. Barbara hasste es, diese tiefe Verzweiflung in den Augen dieser Eltern aufkeimen zu sehen. Und obwohl sie keine eigenen Kinder hatte, konnte sie diese Verzweiflung nur zu gut verstehen. Heute würde es allerdings nicht zu schlimm werden. Frau Kunert war ja weder eine Familienangehörige, noch eine gute Freundin von Anastasia Berger. Trotzdem. Eine Todesnachricht zu überbringen war nie eine einfache Angelegenheit. Barbara räusperte sich kurz, bevor sie mit gedämpft, mitfühlender Stimme fortfuhr: „Es tut mir sehr leid, Ihnen mitteilen zu müssen, dass die von Ihnen vermisste Anastasia Berger tot aufgefunden wurde." „Oh", entfuhr es der sichtlich betroffenen Frau Kunert, die offensichtlich nicht mit solchen Nachrichten gerechnet hatte. „Wir hätten ein paar Fragen an Sie.

Können Sie uns vielleicht sagen, was für ein Typ Mensch Anastasia war? Oder wer mit ihr befreundet war?", setzte Christian die Befragung zwar professionell, aber dennoch etwas taktlos fort. „Aber natürlich", antwortete Frau Kunert, die sich relativ schnell wieder in den Griff bekommen hatte. Sie strich über ihren grauen Rock und setzte sich extrem gerade hin. Dann begann sie zu erzählen: „Da ich die Leiterin dieser Einrichtung bin, bin ich normalerweise nicht mit allen unseren Kindern und Jugendlichen bestens vertraut. Bei Anastasia war das etwas anders. Sie ist seit ihrem vierten Lebensjahr bei uns und wäre es wahrscheinlich bis zu ihrer Volljährigkeit geblieben. Anastasia ist… beziehungsweise war… ein sehr schwieriges Kind. Sie war zwar immer einmal wieder bei Pflegeeltern gewesen und einige wollten sie sogar adoptieren. Doch Anastasia ist nie über die Probezeit hinausgekommen. Einem psychologischen Gutachten zufolge hatte sie ernsthafte Probleme mit anderen Menschen. Sie war immer der Meinung gewesen, niemand könnte es ernst meinen, sie zu mögen. Stellen Sie sich einmal vor, Sie wollten ein Kind adoptieren. Und nach jahrelangem Warten, bekämen sie endlich die Zusage. Sie würden alles vorbereiten, sich unglaublich freuen und wären aufgeregt. Naja und dann kommt das Kind. Es ist verschlossen und eingeschüchtert. Ganz normal am Anfang, würden Sie sich wahrscheinlich denken. Was ja auch stimmt. Doch glauben Sie mir, wenn dieses so lang ersehnte Kind Sie jedes Mal als Lügner beschimpft und wütend davonläuft, wenn Sie ihm sagen, dass Sie es gerne hätten, dann ertragen Sie es irgendwann nicht mehr. Nach spätestens zwei Monaten bringen Sie das Kind aus lauter Verzweiflung zurück. Und so war es bei Anastasia jedes Mal. Sie hatte wohl in ihren ersten Lebensjahren einige traumatisierende Erlebnisse. Ich sagte ja, sie war schwierig. Sie hatte auch nur eine Freundin hier. Regina Buchmayer. Sie ist auch eher ein schwieriger Fall. Eine unserer Pflegerinnen, Maria Semmler, war wahrscheinlich die einzige hier, der sich

Anastasia näher anvertraute. Allerdings war es auch nicht selten, dass Anastasia für ein paar Tage verschwand… Ich weiß, dass das eigentlich nicht gestattet ist. Aber Anastasia war nun einmal so, das war nicht zu ändern", endete die Heimleiterin mit bedauerndem Blick. „Das ist natürlich schon heftig", kommentierte Christian das Gesagte. Barbara hatte sich erhoben und streckte Frau Kunert ihre Hand entgegen: „Danke für Ihre Hilfe, Frau Kunert. Wenn Sie nichts dagegen haben, würden wir jetzt gerne noch mit Regina Buchmayer und Frau Semmler sprechen." Frau Kunert stand ebenfalls auf und schüttelte die Hand. „Das war doch selbstverständlich. Natürlich habe ich nichts dagegen. Aber ich würde gerne noch wissen: Es war kein Unfall, oder? Ich meine, sie sind von der Kriminalpolizei, und ich bin lediglich die Leiterin des Kinderheims, in dem Anastasia wohnte. Da ist es doch nicht normal, dass Sie mir das so schonend beibringen, Frau Wensch?", sagte Frau Kunert jetzt direkt an Barbara gewandt. Die Kommissarin sah diese nachdenklich an.

Barbara hatte den Eindruck, dass sie sich wirklich um Anastasia Berger gesorgt hatte. Warum, wusste sie nicht. Auf jeden Fall war sie der Meinung, dass Frau Kunert über die Todesursache von Anastasia informiert werden sollte. Deshalb sagte sie: „Nein, es war kein Unfall. Wir haben sie erdrosselt im Wald gefunden. Aber machen Sie sich keine Sorgen. Wir werden den Verantwortlichen für diese grausame Tat finden." „Danke", murmelte Frau Kunert. „Wissen Sie, ich habe an sie geglaubt. Wenn es auch sonst niemand tat. Ich tat es. Irgendwann wäre etwas aus ihr geworden. Das weiß ich.", fügte sie noch schmerzlich hinzu. „Ist schon gut", sagte Barbara mitfühlend. Sie öffnete bereits die Tür, als Christian fragte: „Wo können wir denn Regina Buchmayer und Frau Semmler finden?" „Frau Semmler ist wahrscheinlich gerade im Aufenthaltsraum. Den Gang entlang und dann die dritte Tür links nach den Toiletten. Nach Regina sollten Sie am besten meine Sekretärin am Empfang fragen. Auf Wiedersehen!", antwortete Frau Kunert. Barbara und Christian verabschiedeten sich ebenfalls und verließen das Büro.

Die Kommissare hatten beschlossen, sich aufzuteilen. Während Christian Regina Buchmayer befragte, wollte Barbara Maria Semmler aufsuchen. Diese war der Meinung gewesen, dass man bei der Befragung einer Teenagerin nicht allzu viel falsch machen konnte. Außerdem wirkte Christian auf sie zwar jung und etwas zu selbstsicher, aber nicht komplett unbrauchbar. So lernte er wenigstens etwas. Mit diesen Gedanken machte sich die Kriminalhauptkommissarin auf den Weg zum Aufenthaltsraum. Dort angekommen musste sie allerdings feststellen, dass niemand anwesend war. Barbara schaute sich in dem trist eingerichteten Raum um. Spärliche, alte Möbel, verstaubte Vorhänge und die undefinierbare schlammgrüne Wandfarbe wirkten auf sie nicht gerade einladend. Auch der Kicker, dessen Spielfiguren zum größten Teil keine Köpfe mehr besaßen, und die bedauernswerte Puppensammlung auf dem

Fensterbrett trugen nicht gerade zu einem Wohlfühlgefühl bei. „Entschuldigung. Wer sind Sie, wenn ich fragen darf?", durchbrach eine neugierige Stimme die Stille. Barbara drehte sich um und sah in das fragende Gesicht einer blonden, weißgekleideten Frau, die sich breitschultrig in den Türrahmen gestellt hatte. „Sie sind bestimmt Frau Semmler", deutete Barbara mit Blick auf das Namensschild der Frau, das oberhalb ihrer linken Brust befestigt worden war. „Mein Name ist Wensch und ich bin von der örtlichen Kriminalpolizei. Ich würde Ihnen gerne ein paar Fragen zu einer gewissen Anastasia Berger stellen." Mit leicht überraschtem Gesichtsausdruck antwortete die Pflegerin: „Was hat Anastasia denn angestellt? Wissen Sie, sie ist seit zwei Tagen verschwunden, aber…" An den mitfühlenden Blicken der Kommissarin konnte Maria Semmler sofort erkennen, dass irgendetwas nicht stimmte. Was muss ein 16-jähriges Mädchen nur anstellen, damit gleich die Kripo ausrückt? Doch langsam beschlich sie ein schreckliches Gefühl der Erkenntnis. Und obwohl sie die Antwort der Kriminalpolizistin bereits erahnte, konnte Maria Semmler ihr nicht in die Augen sehen, als diese mit dumpfer Stimme ansetzte: „Es tut mir äußerst leid, aber ich muss Ihnen sagen, dass wir…" „Nein, das ist unmöglich! Anastasia ist ganz bestimmt nicht, sie ist doch nicht. Nein, da muss eine Verwechslung vorliegen!", unterbrach die jetzt nervös zitternde Frau Semmler Barbara stürmisch. Doch diese schüttelte bedauernd den Kopf: „Verwechslung ausgeschlossen", sagte sie leise und legte behutsam ihre Hand auf Frau Semmlers Schulter. „Wollen Sie sich setzen?", fragte die Kommissarin mitfühlend. Maria Semmler nickte nur stumm und wies auf eines der schäbigen, senfgelben Sofas. Sie ließ sich auf den einen Teil sinken und Barbara nahm neben ihr Platz. „Anastasia war ein so nettes Mädchen. Sie war zwar sehr verschlossen und zurückgezogen, dass muss man schon sagen. Aber zu mir war sie stets freundlich. Sie war ein bisschen einsam und manchmal auch traurig. Viele Freunde hatte sie auch nie. Sie war eben ein wenig schwierig." Die Pflegerin stockte kurz und schaute Barbara aus traurigen, dunkelblauen Augen an. Dann fuhr sie fort: „Wissen Sie, Anastasia verschwand immer wieder einmal für ein paar Tage. Am Anfang habe ich mir jedesmal entsetzliche Sorgen und Vorwürfe gemacht. Ich bin zur Polizei gegangen und habe sie gesucht. Aber mittlerweile. Sie kam nach ein paar Tagen immer zurück. Und danach ging es ihr meist besser. Deshalb habe ich auch irgendwann nichts mehr dagegen unternommen. Jetzt wünschte ich, ich hätte es!" „Man kann niemals mit so etwas rechnen. Glauben Sie mir. Aber wissen Sie, wo Anastasia hinging, wenn sie verschwand?", fragte Barbara. Frau Semmler schüttelte bedrückt den Kopf. „Leider nicht." Die Kommissarin fragte trotzdem weiter: „Ist Ihnen aufgefallen, dass sich Anastasia in letzter Zeit irgendwie verändert hat?" Die Pflegerin überlegte kurz, entgegnete dann aber bestimmt: „Nein. Sie war wie immer. Es tut mir jetzt auch echt leid, aber ich muss wieder los. Mich um die Kinder kümmern."

Damit stand sie auf und ging schon Richtung Tür, als sich die überraschte Barbara ebenfalls erhob und sagte: „Äh ja, das ist verständlich. Danke für Ihre Hilfe. Hier, falls Ihnen doch noch etwas einfällt." Die Ermittlerin strecke Frau Semmler ihre Visitenkarte entgegen. Sie betrachtete diese geistesabwesend und nickte der Polizistin zu. „Auf Wiedersehen", murmelte Frau Semmler, die schon aus dem Raum rauschte, noch. Barbara schaute ihr verwirrt hinterher. Komische Frau, dachte sie. Aber jeder geht mit einer Todesnachricht anders um… Wahrscheinlich stand Maria Semmler einfach nur unter Schock.

Barbara Wensch kehrte zurück zu ihrem Wagen, um dort auf Christian Stein zu warten. Sie dachte über Anastasia Berger nach. Die Beschreibungen von Halgart Kunert und Maria Semmler waren sich relativ ähnlich. Beide meinten, Anastasia sei *schwierig* gewesen. *Schwierig*. Wie sich das anhörte. Alle Jugendlichen waren doch irgendwann irgendwie *schwierig*. Wenn sie nur an die unzähligen Gespräche mit ihrer Schwester Sonja dachte, bei denen Sonja ihr, den Tränen nahe, erklärte wie anstrengend und *schwierig* ihre Tochter doch gerade war. Barbara hatte ihr immer geduldig zugeredet und ihr versichert, dass Helena bestimmt einmal eine wunderbare, selbständige und hilfsbereite Frau werden würde. Irgendwann hatte Sonja sich immer beruhigt. Und sie hatte ja schließlich auch Recht behalten mit ihrer Nichte. Aber wie schwierig war Anastasia gewesen? Und wo ging sie hin, wenn sie verschwand? Barbara hatte das unbehagliche Gefühl, dass diese Fragen eine bedeutende Rolle für die Aufklärung des Mordes spielten. Ein viel zu lautes Klopfen auf das Autodach riss sie aus ihren Gedanken. Sie zuckte erschrocken zusammen und blickte dem grinsenden Christian Stein empört entgegen. „Also wirklich. Sehr erwachsen!", bemerkte Barbara kopfschüttelnd. Christian setzte sich auf den Beifahrerplatz und sah die Kommissarin neugierig an. Dann fragte er auffordernd: „Und? Was haben Sie herausgefunden?" Barbara antwortete leicht deprimiert: „Schwierig. Das einzige Adjektiv, das die Beschreibungen von Anastasia zusammenfasst und die aktuelle Situation einwandfrei beschreibt. Eigentlich habe ich rein gar nichts wirklich Neues erfahren. Und du?" Christians Grinsen war beachtlich geschrumpft. „Oh Mann! Ich auch nicht. Regina hat ein bisschen rumgeheult und dann gesagt, sie wisse nicht, wo Anastasia sich so rumtrieb. Die Beiden schienen eh nicht so wahnsinnig gut befreundet zu sein", antwortete Christian leicht zerknirscht. „Was ich ihr definitiv nicht glaube!", fügte er noch hinzu. Barbara ließ ihren roten Skoda an und meinte entschlossen: „Dann werden wir das eben herausfinden" Hiermit fuhr sie Richtung Polizeiinspektion davon, nicht ohne vorher nochmal ihren Motor aufheulen zu lassen.

3

„Es gibt eine neue Leiche!", riss Christian Steins aufgeregte Stimme Barbara Wensch aus ihren Gedanken. Sie war gerade nochmal alle bisherigen Einzelheiten des Falls durchgegangen, aber bis jetzt noch keinen Schritt weiter gekommen. „Was machst du denn schon wieder hier?", erwiderte Barbara und sah Christian leicht genervt an. Dieser kratzte sich verlegen am Hinterkopf und antwortete: „Naja, also Helmut meinte, da wir ja gestern so gut zusammengearbeitet haben… Also er meinte, dass wir das ja vielleicht auch weiterhin tun könnten. Also natürlich nur bei diesem einen Fall." „Dieser eine Fall. Dieser Fall wird mein letzter sein, lieber Christian. Aber wenn der wunderbare Helmut Altenberger dieser Ansicht ist, dann will ich seiner glorreichen Entscheidung natürlich nicht im Wege stehen", schleuderte Barbara ihm gereizt und unüberhörbar sarkastisch entgegen. Sie musste sich jetzt sehr beherrschen, um nicht sofort zu Helmut zu laufen und ihm ihre

Meinung von der ganzen Sache zu geigen. Deshalb atmete sie einmal tief durch und sagte wieder etwas ruhiger: „Na gut. Du sagtest, wir hätten eine neue Leiche. Wo ist der Tatort?" Christian war sichtlich erleichtert, dass Barbara die Nachricht doch relativ positiv aufgenommen hatte. Jetzt flammte wieder die Aufregung in seinen ozeangrünen Augen auf und er nahm schon seine abgewetzte, hellbraune Lederjacke vom Haken, während er verkündete: „Wieder am Waldrand. Diesmal am alten Jägerstand." Seine Kollegin war schon beim Wort Waldrand losgelaufen.

Das wärmende Licht der Morgensonne sickerte schon langsam durch die anmutigen Baumkronen des Waldes, als die beiden Kommissare den Tatort betraten. Einzelne Sonnenstrahlen, die ihren Weg durch das dichte Geäst bereits geschafft hatten, sogen fast zärtlich den morgendlichen Tau auf, der wie ein lieblicher Abschied des Winters, glitzernd auf den zierlichen Blättern und Gräsern des Waldes thronte. Helles

Vogelgezwitscher klang wie ein morgendlicher Gruß über die Lichtung. Niemand hätte an diesem bezaubernden Ort eine grausame, unmenschliche Tat erwartet, würden nicht die ganzen Polizisten wie kleine Tierchen um den leblosen Körper eines jungen Mädchens herumwuseln. Barbara Wensch schlüpfte unter dem weiß-roten Polizeiabsperrband hindurch und fragte einen jungen Kollegen in Uniform: „Wisst ihr schon, wer sie ist?" Er zog einen Notizblock hervor und überflog kurz das Geschriebene, bevor er sie informierte: „Ja, Frau Wensch. Ihr Name ist Alexandra Zimmerer. Sie ist 17 Jahre alt und wohnt bei ihren Eltern in der Tannhöferstraße 14. Eine Joggerin hat sie hier gefunden." Mit einem dankenden Nicken an den Kollegen ging sie in Richtung der Leiche und betrachtete sie. Der Gerichtsmediziner kniete über ihren Körper gebeugt auf dem Boden. Neugierig musterte Barbara die Tote. Sie trug ein schönes, langärmeliges Spitzenkleid mit V-Ausschnitt. Ihre langen, kastanienbraunen Haare hatte sie zu einem Fischgrätenzopf geflochten. Alles an ihrem Outfit passte einwandfrei zusammen. Außer dem Umhang. Sie hatte einen weinroten Umhang, wie man ihn aus Mittelalterfilmen kannte, an, dessen Kapuze sie aufgesetzt hatte. Barbara wurde von einem jungen Mann von der Spurensicherung, der einen weißen Schutzanzug trug, angestupst: „Schauen Sie mal, Frau Wensch, was wir hier Seltsames gefunden haben." Er streckte ihr ein kleines Körbchen entgegen, dessen Inhalt von einem roten Tuch mit weißen Tupfen verborgen wurde. „Was ist da drin?", fragte Barbara interessiert. „Das ist es ja. Es ist leer.", antwortete der Spurensicherer. „Wo habt ihr es denn gefunden?", bohrte sie nach. „Da, in der Nähe ihrer rechten Hand", er deutete in Richtung der Leiche. „So als hätte sie es gerade erst fallen gelassen", murmelte die Hauptkommissarin nachdenklich. Der Gerichtsmediziner blickte ihr auffordernd entgegen. Obwohl sie es für überflüssig hielt, da sie die Todesursache längst erahnte, fragte sie: „Woran ist sie gestorben?" „Erdrosselt. Sie muss irgendwann gestern zwischen 21 und 23 Uhr gestorben sein. Augenscheinlich wie bei unserem ersten Opfer. Aber, liebe Barbara, wie du weißt." „Genaueres bekommst du mit dem Obduktionsbericht. Ja ich weiß, wie immer, Hermann", vollendete Barbara Hermanns Satz und verdrehte gespielt genervt ihre Augen. Und auch, wenn es völlig unangebracht war, musste Hermann grinsen. Dr. Hermann Sommer war schon fast genauso lange bei der Kriminalpolizei beschäftigt wie Barbara. Er kannte sie mittlerweile seit über 30 Jahren und hatte sie immer gerne gemocht. Vielleicht lieber, als er es zugegeben hätte. Wie er Barbara dort jetzt so stehen sah, mit ihren aufgeweckten, braunen Augen, ihren kurzen, mittlerweile gefärbten hellbraunen Haaren, mit deren Schnitt sie wohl noch nie zufrieden gewesen war, wie Hermann aus Erfahrung wusste und ihrem verschmitztem Lächeln, um das sich seit einigen Jahren kleine Lachfältchen bildeten, musste er an ihre erste Begegnung denken. Er war ein junger, gutaussehender (er ging viermal die

Woche ins Fitnessstudio und die Mädchen rannten ihm förmlich hinterher), vielleicht ein bisschen eingebildeter Arzt gewesen, dessen Lebensziel es war, ein weltberühmter Pathologe zu werden und möglichst viele Frauen aufzureißen. Letzteres hatte er wohl geschafft, wenn auch nie die Frau fürs Leben dabei war. Er wurde damals zu seinem ersten Tatort gerufen, einer Schießerei in einer Bank. Selbstsicher war er mit Sonnenbrille und George-Clooney-Lächeln unter dem Polizeiabsperrband hindurch geschlüpft und breitschultrig in die Bank gelaufen. Als er das Blutbad im Inneren erblickte, wäre er am liebsten sofort wieder umgekehrt. Das übertriebene Lächeln wich ihm aus dem Gesicht und ihm wurde schlecht. „Ist wohl Ihr erster Tatort, was Kleiner?", waren die ersten Worte, die Hermann von der damals Anfang 30-jährigen Barbara Wensch hörte. „Ist das so eindeutig?", hatte er leicht verunsichert geantwortet, da er zuvor noch nie so von einer Frau angesprochen worden war. Geschweige denn von einer gutaussehenden

Frau. Und das war Barbara definitiv gewesen. Sie hatte schmunzelnd genickt, ihm ihre Hand entgegengestreckt und gesagt: „Barbara. Barbara Wensch." Er hatte ihre Hand genommen und sich ebenfalls vorgestellt. So lernten sie sich kennen. Seit diesem Tag hatte Hermann sich vorgenommen, Barbara zum Essen einzuladen. Und jetzt gingen er und sie bald in Rente und er hatte es bis heute nicht auf die Reihe gebracht. „He, du Tagträumer! Hörst du mir überhaupt zu?!", holte ihn die Stimme der Kommissarin zurück in die Gegenwart. „Entschuldige bitte. Ich war gerade total in Gedanken versunken", erwiderte Hermann verlegen. „Wäre mir nicht im geringsten aufgefallen. Also ich finde, dass hier alles total inszeniert wirkt", wiederholte Barbara ihre Worte. „Jap. Dachte ich mir auch schon", mischte sich Christian von hinten ein. „Der Kapuzenumhang, der nur nebenbei bemerkt, rein gar nicht zu ihren restlichen Klamotten passt, das leere Körbchen, alleine schon, wie sie da liegt. Als würde sie nur kurz schlafen, um im nächsten Moment weiterzulaufen", fuhr er ungebremst fort. Hermann war aufgestanden und ließ seinen Blick über den Tatort schweifen, bevor er sagte: „Ja. Eigentlich sieht sie sogar ein bisschen aus wie Rotkäppchen. Fehlen nur noch der Wolf und die Großmutter. Man könnte..." Barbara war ihm um den Hals gefallen. „Das ist es. Danke, Hermann! Du bist der Beste." Sie gab ihm ein Küsschen auf die Wange, wobei der Gerichtsmediziner ein wenig errötete. Er sah diese tiefe Begeisterung, die normalerweise nur Kinder für eine Sache aufbringen konnten, in ihren Augen aufblitzen. Und für einen kurzen Moment schien all das Alter aus ihrem Gesicht zu verschwinden und sie glich wieder der bildhübschen 30-jährigen, an die Hermann sein Herz vor so langer Zeit verloren hatte. Barbara löste sich von ihm und sagte an ihren neuen Kollegen gewandt: „Christian, wir jagen einen Märchenmörder! Erst Schneewittchen, dann Rotkäppchen. Wollen wir nur hoffen, dass als nächstes nicht die sieben Geißlein dran sind. Hermann, das ist wirklich genial!" Damit drehte sie sich um und ging in Richtung ihres Wagens davon. „Jetzt muss ich Sie einmal etwas fragen: Ist sie schon immer so gewesen, oder geht das erst seit Kurzem so?", fragte Christian, der Barbara fassungslos hinterherschaute. Hermann sah den jungen Kommissar in seinem viel zu schicken Anzug und seiner abgenutzten Lederjacke prüfend an. Dann schlich sich ein breites Grinsen auf sein Gesicht und er antwortete wahrheitsgemäß: „Nein, mein Lieber. Sie war schon immer so wunderbar sarkastisch und behielt dennoch stets das nötige Fünkchen Ernst, was ihr vor allem bei ihren männlichen Kollegen eine unglaubliche Autorität verlieh. Sie war wirklich eine außergewöhnliche Bereicherung für die hiesige Kriminalpolizei. Und Sie können mich beim Wort nehmen, wenn ich Ihnen sage, dass sie einige der Wenigen ist, die die richtige Balance zwischen dem notwendigen Respekt und der unabdingbaren Leidenschaft vor und für ihren Beruf gefunden hat. Viel Glück in Ihrem weiteren Berufsleben, junger Kollege!" Man konnte die Verblüffung, aber auch die Bewunderung deutlich in Christian Steins Gesicht erkennen, als er Barbara Wensch zu ihrem Auto folgte.

Nach einer schweigsamen Fahrt, bei der die Kommissare ihren Gedanken nachhingen, parkte Barbara ihren Skoda in der gekiesten Einfahrt der Tannhöferstraße 14. Das Haus der Familie Zimmerer erwies sich als großes Anwesen, das in der Mitte eines riesigen Gartens thronte. Ein gepflasterter Natursteinweg führte vorbei an Rosenbeeten zu einer weißen Steintreppe, auf der sich die Mittagssonne spiegelte. Als Christian den goldenen Löwentürklopfer an der schweren, dunklen Kiefernholztür erblickte, entfuhr ihm ein: „Wow!" „Da sieht man einmal wieder, wo das Geld Zuhause ist", murmelte Barbara spöttisch. Insgeheim hatte sie früher immer den Traum gehabt, später einmal selbst in einer Villa zu wohnen. Ihr erster Mann Erich lebte in einer solchen. Was ihn allerdings nicht davon abgehalten hatte, Barbara mit seiner Sekretärin zu betrügen. Und als ob das nicht genug gewesen wäre, hatte Erich es damals auch noch abgestritten. Bis sie ihn dann inflagranti in ihrem Ehebett erwischte. Da war sie schneller weg, als er schauen konnte. Barbara hatte die Scheidung eingereicht und noch während des Trennungsjahres war Erich mit einem 19-jährigen Callgirl nach Mallorca durchgebrannt. Dort wurde er in kürzester Zeit sein Vermögen und dadurch schließlich auch seine neue große Liebe los. Seitdem stand die Kommissarin protzigem Reichtum immer etwas skeptisch gegenüber. Sie nahm den Türklopfer und wog ihn schwer in ihrer Hand, bevor sie ihn dreimal kräftig gegen die Tür schlug. Es dauerte eine Weile, dann wurde sie geöffnet und der Kopf einer gestresst wirkenden Frau, mit grauem Kurzhaarschnitt, schob sich misstrauisch hervor. „Wer sind Sie denn bitteschön?", fragte sie, während sie Barbara abfällig musterte. „Sind Sie Heike Zimmerer? Mein Name ist Wensch und das ist mein Kollege, Herr Stein. Wir sind von der Kriminalpolizei.", stellte Barbara sich und

Christian vor. „Ja die bin ich. Was wollen Sie hier? Hat unser Sohn Marco Etwas angestellt? Ich weiß, er ist eigentlich noch zu jung, um alleine zu seinen Großeltern zu fahren, aber..." „Nein, Frau Zimmerer. Es geht nicht um Marco. Wir kommen wegen Ihrer Tochter Alexandra. Wollen wir nicht hineingehen?", unterbrach Christian die Hausherrin. Diese nickte langsam und gab dann leicht widerwillig den Weg in den Eingangsbereich der Villa frei. Der Anblick, der sich den Kommissaren erbot, war überwältigend. Eine breite, weiße Treppe auf der ein schwarzer Samtteppich in den ersten Stock führte, nahm fast die Hälfte des Raumes ein. Ein ebenfalls schwarzer Boden, auf dem sich das Licht wie Abermillionen Sterne spiegelte, bildete einen wunderbaren Kontrast zu den marmornen Wänden. Durch vereinzelte Säulen und Stuck an der Decke wurde einem ein Gefühl wie in einem modernen Schloss vermittelt. Die Ermittler folgten Heike Zimmerer ins Wohnzimmer, das dem Eingangsbereich in nichts nachstand.

Diesmal weißer Boden, dafür schwarze Einrichtung. In einem offenen Kamin, über dem ein riesiger Spiegel mit Goldrahmen prangte, loderte ein technisch erzeugtes Feuer. Christian fragte sich, ob er schon jemals einen so großen Flachbildschirm, wie den an der Wand gegenüber, gesehen hatte. Mit einer einladenden Geste gebot Frau Zimmerer den Kommissaren, sich auf der schwarzen Sofalandschaft, die einen massiven Glastisch umgab, niederzulassen. „Möchten Sie etwas trinken?", bot ihnen die Hausherrin mehr aus Höflichkeit und Gewohnheit, als aus Gastfreundlichkeit an. Barbara und Christian verneinten dankend und baten Frau Zimmerer, sich ebenfalls zu setzten. Diese nahm nach kurzem Zögern Platz und zupfte nervös an ihrem grauen Hosenanzug herum, während sie auf eine Erklärung der Kriminalpolizisten für deren Erscheinen wartete. Jetzt war er also gekommen. Der Moment, in dem man einer Mutter beibringen musste, dass ihre 17-jährige Tochter eines gewaltvollen Todes gestorben ist. Der Augenblick, bei dem man das bisherige Leben einer Familie zerstörte. Barbara amtete einmal tief durch und sog dabei das teure Parfum ihres Gegenübers ein. Dann setzte sie mit leiser, trauriger Stimme an: „Es tut uns sehr leid, aber wir müssen Ihnen leider mitteilen, dass wir ihre Tochter Alexandra tot aufgefunden haben." Ihr Gegenüber hielt mitten in der Bewegung inne und sah sie ausdruckslos an. Lange saßen sie so still da, bevor Frau Zimmerer mit brüchiger Stimme ansetzte: „Das ist ausgeschlossen! Alexandra hat von gestern auf heute bei einer Freundin übernachtet. Sie kann gar nicht...", ihre Stimme brach ab und sie ließ ihren Kopf sinken. „Ich fürchte doch. Wir haben Ihre Tochter einwandfrei identifiziert. So leid es mir tut, aber...", Christian wurde von einem lauten Schluchzer unterbrochen. Heike Zimmerer hatte die Hände vor ihr Gesicht geschlagen und weinte bitterlich. Barbara zog eine Packung Taschentücher aus ihrer Manteltasche und reichte sie ihr. Diese nahm sie dankend an und als sich die Blicke der beiden Frauen trafen, sah Barbara sie.

Die Verzweiflung. Diese Verzweiflung, die nur in den Augen von Eltern zu beobachten war. Eltern, die ihr Kind verloren haben. Frau Zimmerer tupfte sich mit dem Taschentuch ihre Tränen ab und blickte Barbara wieder gefasster entgegen. „Ich hole mir nur kurz ein Glas Wasser", sagte sie mit großem Bemühen, die ursprüngliche Feste zurück in ihre Stimme zu legen. Sie erhob sich vorsichtig und ging Richtung Küche davon. Christian sah seine Kollegin verunsichert an. Er wollte Frau Zimmerer schon hinterherlaufen, aber Barbara schüttelte stumm ihren Kopf. Da kam sie auch schon wieder zurück. Als sie jedoch die beiden Kommissare sah und begriff, was vor wenigen Minuten geschehen war, konnte sie nicht mehr. All die Jahre, in denen sie stets die Fassung bewahrt hatte, rollten dahin, wie ein loser Stein einen Abhang. Ungebremst bis zum endgültigen Aufprall. Sie begann am ganzen Körper zu zittern. Das teure Glas, das sie einst von ihrer Mutter zum Geburtstag bekommen hatte, fiel ihr aus der Hand und zerbarst auf dem weißen Marmorboden. Es zersprang in Millionen kleine Stücke und das kühle Wasser spritzte geradezu durch den Raum. Heike Zimmerer brach zusammen. Sie stützte sich mit einer Hand an der kalten Wand ab. Barbara Wensch war aufgesprungen und zu ihr gelaufen, um ihr zu helfen. Sie griff nach ihrem Arm und zog sie an sich. „Alles wird gut. Wir werden den Mörder ihrer Tochter finden, das verspreche ich Ihnen!", sagte die Kommissarin tröstend. Der gebrochenen Mutter kullerten jetzt dicke Tränen über die Wangen. So saßen sie eine Weile da. Eine erdrückende Stille lag wie ein unangenehmer Geruch in der Luft. Christian, der die ganze Zeit hilflos auf dem Sofa gesessen hatte, zuckte erschrocken zusammen, als Barbara plötzlich aufstand und Frau Zimmerer auf die Beine half. Langsam gingen sie zum Sofa zurück und setzten sich wieder hin. Die aufgelöste Frau wirkte wie ein Häufchen Elend. Ihre rechte Hand umklammerte so fest ein Taschentuch, dass ihre Fingerknöchel bereits weiß wurden. Die Augen waren von der Weinerei rot angeschwollen und die Schminke verlaufen. „Sollen wir jemanden anrufen, der sich um Sie kümmert?", fragte Christian vorsichtig. Auf derartige Situationen waren sie in der Polizeischule nicht vorbereitet worden. „Mit der Zeit werdet ihr lernen, mit den Angehörigen umzugehen. Aber denkt immer bitte immer daran, jeder Mensch ist verschieden und deshalb reagiert auch jeder auf eine Todesnachricht anders. Die Schlüsselwörter für den Polizeidienst sind einfach: Geduld und Erfahrung. Sie zu gebrauchen ist dagegen deutlich schwieriger", beendete einst ein bereits erfahrener Kriminalpolizist seinen Vortrag zum Thema „Todesbote- Maßnahmen im unvermeidbaren Fall des Polizeialltags", an dem Christian mit großer Begeisterung teilgenommen hatte. Damals dachte er noch, nun alles Mögliche über die Angehörigen von Todesopfern zu wissen. Wie man sich doch täuschen konnte. Frau Zimmerer schüttelte den Kopf und sagte leise: „Nein danke. Mein Mann kommt jetzt dann nach Hause. Kann ich Ihnen irgendwie helfen? Ich würde wirklich alles tun, damit sie ihren Mörder finden." Sie hatte nun wieder zurück in ihre Haltung gefunden, setzte sich aufrecht hin und sah Barbara mit festem Blick an. Diese fragte vorsichtig: „Dürfen wir uns das Zimmer Ihrer Tochter ansehen? Sie müssen auch nicht mitkommen." Heike Zimmerer atmete einmal schwer, erwiderte dann aber entschlossen: „Aber natürlich. Erster Stock, das letzte Zimmer geradeaus. Ihr Name steht an der Tür. Entschuldigen Sie bitte, aber ich bleibe lieber hier." „Kein Problem. Dankeschön", sagte Christian und folgte Barbara zurück in den Eingangsbereich. Wortlos gingen die Beiden zu Alexandras Zimmer.

In bunten Buchstaben, um die kleine Äffchen turnten, stand „Alexandra" an der Tür. Gleich daneben befand sich, dem Schriftzug nach zu urteilen, wohl das Zimmer ihres Bruders Marco. Barbara öffnete vorsichtig die weiße Holztür und betrat den Raum. Es könnte Helenas sein, schoss ihr unwillkürlich durch den Kopf, als sie die pastellgelben

Wände und die aufeinander abgestimmte hellblaue Vorhang-, Bettbezug- und Teppichfarbe sah. Durch den Naturholzmöbelstil des Kleiderschrankes, des Bettes und des Schreibtisches mit integriertem Bücherregal, zusammen mit dem Palmen-Wandtattoo wirkte das Zimmer wie eine all inclusive Suite aus der Karibik. Trotzdem fehlte etwas. „Merkwürdig", murmelte Barbara vor sich hin. Christian erwiderte: „Merkwürdig ist vielleicht der falsche Ausdruck für dieses endlos coole Zimmer. Wundervoll, grandios oder atemberaubend wären doch bessere Adjektive zur Beschreibung des Raumes. Also was ich alles für so ein Zimmer geben würde! Allein der Laptop ist sicher 2.500 Euro wert. Von dem Flatscreen und der Stereoanlage will ich gar nicht erst anfangen. Also merkwürdig..." „Ich habe verstanden, Christian! Ich meinte mit merkwürdig sicherlich nicht diese völlig überteuerten Technikartikel, bei deren Bezeichnungen man mehr Englisch als Deutsch verwendet und man Unmengen an Geld dafür bezahlt, dass sie nach nur einem halben Jahr vollkommen veraltet sind und man sie durch neuere, noch teurere Geräte ersetzen muss! In meinem gesamten Leben habe ich noch keinen einzigen Mordfall anhand einer Musikanlage oder eines viel zu großen Fernsehgerätes aufgeklärt. Den tragbaren Rechner kannst du allerdings durchaus mitnehmen. Da ihr jungen Leute eh viel zu viel Zeit vor diesem Ding verbringt und euer komplettes Privatleben darauf abspeichert und irgendwie runterladet, würde es mich nicht wundern, wenn du als IT-Spezialist einige brauchbare Informationen darauf findest. Aber jetzt sei einmal ehrlich. Fällt dir, als grandioser Spitzenermittler, in diesem Zimmer wirklich nichts Merkwürdiges auf, außer horrend teure Spielwaren für erwachsene Kinder?" Christian blickte seine Kollegin ungläubig an. Er konnte definitiv nicht nachvollziehen, dass Barbara mit moderner Technik so wenig am Hut hatte. Deshalb hakte er vorsichtig nach: „Naja, mir fällt jetzt nicht direkt etwas Sonderbares auf. Aber, ich muss Sie das jetzt fragen, Sie haben doch schon ein Handy, oder? Also vielleicht kein Smartphone, aber zumindest ein Tastenhandy. Oder?" „Entschuldige bitte, aber für welchen Zweck sollte ich denn ein Mobiltelefon besitzen? Ich wüsste ja nicht einmal, wie man mit so etwas umgeht. Außerdem halte ich von solchen Geräten nicht sonderlich viel. Ich denke, die heutige Gesellschaft ist zu sehr abhängig von dergleichen. Meiner Meinung nach sind das Zeitfresser, von denen man sich durch dauerhafte Erreichbarkeit unglaublich stressen lässt. Wenn ich da nur an meine Nichte Helena denke. Missverständnisse, Probleme und das alles durch ein kleines Kästchen, das man ununterbrochen mit sich herumschleppt. Nein danke, das brauche ich wirklich nicht. Aber jetzt haben wir genug über Technik diskutiert. Dir muss doch hier etwas auffallen. Denk gefälligst nach!", befahl Barbara auffordernd. Christan schaute sich trotz des leichten Schocks noch einmal um. Eigentlich war doch alles wie es sein sollte, oder? Es gab alles. Möbel, Bücher, Klamotten und Schmuck. Wenn man so darüber nachdachte, müsste Alexandra doch ein wundervolles Leben geführt haben. Rein an materiellen Dingen hatte sie schließlich mehr als genug. Deshalb hatte sie sicherlich auch viele Freunde und Bekannte, oder? Doch plötzlich schoss es ihm durch den Kopf. Natürlich! Dass er da nicht gleich drauf gekommen war! Vor Überraschung schlug er sich die Hand vor die Stirn. „Fotos. Es gibt keine Fotos", stieß er aufgeregt hervor. „Und sonstige private Gegenstände, die irgendwie auf ein soziales Umfeld schließen lassen. Genau! Du siehst, Technik und Einrichtung sind nicht alles im Leben", vollendete Barbara Christians Gedanken. Sie konnte sich ein triumphierendes Grinsen nicht verkneifen. „Stimmt. Das ist allerdings merkwürdig. Hoffentlich finde ich wenigstens irgendwelche Anzeichen auf eventuelle Freundschaften auf ihrem Laptop", musste der junge Kommissar Barbara Recht geben. In diesem Augenblick hörten die Beiden, wie unten die Haustür zugeschlagen wurde. „Oh Gert, gut, dass du da bist! Es ist etwas ganz Schreckliches passiert!", klang die aufgelöste Stimme von Heike Zimmerer herauf. Christian packte den Laptop von Alexandra in eine Tasche und die beiden Kommissare beschlossen, zurück nach unten zu gehen.

Gert Zimmerer stand angespannt dreinblickend seiner weinenden Frau gegenüber, als Barbara Wensch und Christian Stein das Wohnzimmer betraten. „Wer ist das, Schatz?", fragte er an seine Gattin gewandt und musterte Barbara verächtlich. „Das sind die beiden Kriminalpolizisten, die für den Mord zuständig sind", antwortete Frau Zimmerer wahrheitsgemäß. „Aha. Wissen Sie denn schon, welches Schwein für diese grauenvolle Tat verantwortlich ist?", wollte Gert Zimmerer interessiert wissen. „Nein, tut uns wirklich äußerst leid. Wir müssen allerdings den Laptop Ihrer Tochter mitnehmen, ich hoffe das ist kein Problem für Sie. Aber hätten Sie denn einen konkreten Verdächtigen?", erkundigte sich Christian, um ihre Ahnungslosigkeit zu überspielen. Herr Zimmerer dachte darüber nach und fuhr sich dabei mit der Hand durch die kurzen, grau melierten Haare, die deren seiner Frau nicht gerade unähnlich waren. Schließlich warf er einen angespannten Blick auf die Uhr und sagte: „Niemanden bestimmten. Aber an Ihrer Stelle würde ich mich mal in Alexandras schulischem Umfeld umhören. Da laufen immer einige zwielichtige Gestalten herum, nicht wahr Heike?" Frau Zimmerer nickte betrübt und Gert fuhr fort: „Ich war ja schon immer dafür gewesen, Alexandra auf ein Privatgymnasium zu schicken, wo sie unter ihresgleichen unterrichtet wird. Aber meine liebe Frau Gemahlin war ja immer anderer Meinung gewesen. Am Finanziellen wäre mein Vorhaben jedenfalls keineswegs gescheitert. Ach ja, wo wir schon beim Thema wären. Wenn Sie irgendeine Unterstützung in diese Richtung brauchen sollten, um Alexandras Mörder schneller als gewöhnlich zu finden…. Sie haben ja unsere Adresse." „Also jetzt hören Sie aber einmal! Wir sind doch nicht bestechlich! Irgendwann ist auch mal Schluss. Wir werden uns um diesen Fall genauso gut kümmern, wie um jeden anderen auch. Falls Ihnen noch etwas Sinnvolles einfallen sollte, Sie haben ja auch unsere Adresse", empörte sich Barbara, schüttelte den beiden Hauseigentümern aber dennoch die Hand und zog Christian dann Richtung Ausgang. „Also das ist wirklich eine Unverschämtheit! Bestechen? Uns, die Kriminalpolizei! Das ist doch lachhaft. Nur weil die Geld wie Heu haben, glauben sie, sie können sich gleich alles erlauben. Das ist mir ja in meiner gesamten Laufbahn noch nicht untergekommen!", schimpfte Barbara los, sobald sie die Haustüre hinter sich zugezogen hatte. Christian beschloss, dass er wohl besser daran täte, sich nicht dazu zu äußern und folgte Babara deshalb schweigend zum Auto.

4

„Das gibt's doch nicht! Nichts. Gar nichts! Nirgends!", Christian Stein war aufgesprungen und fuhr sich durch seine dunkelbraunen Haare. „Was ist denn nun schon wieder?", fragte Barbara Wensch angespannt. Es war bereits nach ein Uhr morgens und die beiden Kommissare waren noch keinen Schritt weiter. Christian durchsuchte bereits das dritte Mal den Laptop von Alexandra Zimmerer; wieder ohne Erfolg. Die Müdigkeit, die sich langsam, aber sicher über seine Augen legte, und die nervenzerrenden Anstrengungen des Tages machten die Ermittlungen nicht gerade einfacher. Aber schlafen konnte er auch nicht. Er hatte viel zu große Angst davor, morgen früh den Anruf zu erhalten, dass es eine neue Leiche gäbe. Und er dann zu den Angehörigen fahren müsste und nach drei Tagen der Ermittlung immer noch mit leeren Händen dastand. Nach den heutigen Erfahrungen wusste er, er müsse diesen Fall so schnell wie möglich klären, um wieder beruhigt schlafen zu können. Der Kommissar nahm einen kräftigen Schluck des starken Kaffees, von dem er in den letzten zwei Tagen deutlich zu viel getrunken hatte und sagte: „Es kann doch nicht sein, dass ein 17-jähriges Mädchen kein Privatleben hat. Keine einzige relevante E-Mail. Textdokumente, deren Inhalte alle etwas mit der Schule zu tun haben. Ihr Suchverlauf ist so interessant, wie die Aufbauanleitung für ein Regal und sie hat nicht mal ein Bild abgespeichert, geschweige denn gedownloadet. Nicht einmal ein winziger Chat in einem noch winzigeren Chatroom. Das ist doch nicht normal." „Vor 30 Jahren wäre das durchaus normal gewesen, lieber Christian. Aber du hast natürlich Recht. Für die heutige Zeit ist das wirklich undenkbar. Ein Mensch ohne Hinweise auf ein Privatleben. Eigentlich doch das ultimative Mordopfer, nicht wahr?", kommentierte Barbara Christians Gedankengang. Der junge Ermittler verzog entsetzt das Gesicht, musste dann aber zustimmend nicken. „Ja schon. Aber so etwas gibt es eigentlich nicht.

Zumindest nicht unter Jugendlichen. Das heißt, wir müssen irgendetwas übersehen haben. Nur was…", murmelte Christian nachdenklich vor sich hin. „Ich denke, wir stehen kurz davor. Es ist direkt vor unserer Nase. Wir sehen es nur noch nicht. Aber wir werden es finden, garantiert! Allerdings sollten wir jetzt nach Hause fahren. Wir können uns doch Beide nicht mehr wirklich konzentrieren. Morgen kommen wir bestimmt weiter." Christian warf einen angespannten Blick auf die Uhr. „Aber um diese Uhrzeit gehen keine Züge mehr. Ich komme sowieso nicht vor 6 Uhr morgens nach Hause. Also kann ich genauso gut weiterarbeiten." „Nichts da. Wenn du willst, kann ich dich nach Hause fahren. Hier bleibst du auf jeden Fall nicht. Alleine in meinem Büro. Soweit kommts noch!", antwortete Barbara, der der Gedanke daran, ihren zukünftigen Nachfolger alleine hier zu lassen, widerstrebte. Nach einem kurzen Protest von Christan willigte dieser schließlich ein und Barbara und er verließen gemeinsam das Polizeipräsidium.

„Gerichtsmedizin. Sofort!", lautete die SMS auf Christian Steins Handy. Er war gefühlt erst vor wenigen Minuten eingeschlafen und jetzt durch das piepsende Geräusch seines Handys wieder geweckt worden. Ein Blick auf die Uhr verriet ihm allerdings etwas Anderes. Es war bereits nach acht Uhr morgens, was bedeutete, dass Christian nicht nur mindestens fünf Stunden geschlafen hatte, sondern auch ziemlich spät dran war. Er kniff noch einmal fest die Augen zusammen, um sich an seinen Traum zu erinnern, doch desto mehr er sich bemühte, desto weiter entglitt der Traum seiner Erinnerung. Christian schlug die wärmende Decke etwas widerwillig beiseite und schwang seine Füße aus dem Bett. Ihn fröstelte, da er gestern Abend vergessen hatte, die Heizung an zu machen und er nur in seinen quietschgrünen Boxershorts geschlafen hatte. Während er ins Bad tapste, um eine erfrischende Dusche zu nehmen, überlegte er, von wem die SMS stammen könnte. Kein Absender, keine Anrede. Nur zwei Worte. Das klang ganz nach Barbara

Wensch. Das Problem war nur, das Barbara ja überhaupt kein Handy besaß. Er stieg in die Dusche und genoss den Moment, in dem das angenehm kühle Wasser über sein Gesicht strömte. Während er sich mit seinem stark duftenden Duschgel einrieb, wurden seine Gedanken etwas klarer. Die Geschehnisse des gestrigen Tages drängten sich zurück in seinen Kopf. Die zweite Leiche, sein erster eigener Tatort. Er rubbelte sich seine dunkelbraunen Haare notdürftig mit einem Handtuch trocken, bevor er sich dieses sportlich um die Hüften schlang und sich nachdenklich im Spiegel betrachtete. Er sah nicht gerade gut aus. Die fast schlaflose Nacht hatte ihre Spuren in Form von dunklen Augenringen auf seinem Gesicht hinterlassen. Seine Augen wirkten matt und seine Haut ausgelaugt. „Schrecklich", sagte er zu seinem Spiegelbild. Christian griff gerade nach seiner Zahnbürste, als ihn das plötzliche Summgeräusch seines Handyklingeltones zusammenzucken ließ. Er legte die Zahnbürste zurück und lief auf dem kalten Fußboden zurück ins Schlafzimmer.

Die Nummer, die auf dem Display seines teuren Smartphones angezeigt wurde, kannte er nicht. Nach kurzem Zögern nahm er den Anruf schließlich doch entgegen. „Na endlich! Was verstehst du eigentlich an dem Wort „sofort" nicht? Nur so zur Information, es bedeutet das gleiche wie auf der Stelle, umgehend oder augenblicklich. Ich stehe seit zehn Minuten vor deiner Haustüre! Du hast genau noch zwei Minuten", schrie ihm die aufgebrachte Stimme von Barbara Wensch entgegen und bevor er etwas erwidern konnte, hatte sie auch schon aufgelegt. „Diese Frau...", murmelte Christian, während er eilig zurück ins Bad lief. Schnell putzte er seine Zähne, verzichtete auf das Rasieren, obwohl er es seiner Meinung nach bitter nötig gehabt hätte, und zog den nächstbesten Anzug, einen dunkelblauen, maßgeschneiderten, aus dem Schrank. Fast gleichzeitig band er sich seine schmalgeschnittene, schwarze Krawatte und schlüpfte in Socken und Schuhe. Er zog seine Lederjacke, die er von seinem Bruder zum Schulabschluss bekommen hatte, vom

Haken und warf noch einen sehnsüchtigen Blick in die Küche, bevor er die Haustüre zuzog. Sein Magen knurrte entsetzlich, als er das kalte Treppenhaus hinunterrannte. Draußen angekommen, schaute er sich suchend um. Doch er konnte Barbaras roten Skoda nirgends entdecken. Er zog schon sein Handy aus der Tasche, als er von einem schwarzen Peugeot 206 CC auffordernd angeblinkt wurde. Langsam näherte er sich dem Wagen. Gedanklich ging er alle Leute durch, die er kannte und die ein solches Auto fuhren. Doch da fiel ihm nur seine Cousine ein, die allerdings seit Jahren in Berlin wohnte. Vorsichtig ging er zur Fahrertür, um einen Blick auf den Besitzer werfen zu können. Eine junge Frau, wahrscheinlich nur etwas jünger als Christian, mit langen, schönen, kastanienbraunen Haaren, die ihr locker über die Schultern fielen, saß am Steuer. Sie trug einen olivgrünen Wintermantel und war dezent geschminkt. Insgesamt sah sie echt super aus. „Jetzt gaff sie nicht so an, sondern schau, dass du dich auf die Rückbank bewegst", ertönte

Barbaras Stimme vom Beifahrersitz. Die Frau stieg aus dem Auto und klappte ihren Sitz nach vorne, damit Christian einsteigen konnte. Dieser lief etwas rot an und sagte deshalb verlegen: „Hi. Ich bin Christian." Das hübsche Mädchen grinste ihn an und sagte gut gelaunt: „Ich weiß. Ich habe schon einiges von dir gehört. Ich bin übrigens Helena und jetzt beeil dich ein bisschen. Ich muss nämlich zurück zur Uni und meine Tante wird langsam ungeduldig." Nur mit Mühe konnte der Kommissar seine Augen von der gutaussehenden Helena lösen und in den Wagen einsteigen. „Meine Güte, dir fallen ja gleich die Augen raus. Hier dein Frühstück", machte Barbara die peinliche Situation perfekt und reichte Christian eine Tüte und einen Kaffeebecher nach hinten. Während dieser dankend danach griff, hörte er das belustigte Gekicher von Helena nach hinten klingen. Er nahm einen großen Schluck des heißen Kaffees und fragte dann: „Was, um Himmels willen, ist eigentlich so wichtig, dass Sie mich um acht Uhr aus dem Bett holen müssen? Ich nehme einmal an,

Sie haben das Handy Ihrer Nichte benutzt?".
„Acht Uhr? Und du hast noch geschlafen?! Das sieht den jungen Leuten wieder ähnlich. Schlafen, essen und keine Arbeitsbereitschaft. Das Leben ist kein Zuckerschlecken, mein Lieber. Du solltest um acht Uhr anfangen zu arbeiten und nicht aufstehen", fuhr ihn Barbara energisch an. „Ach, Barbara. Jetzt krieg dich doch mal wieder ein. Du hast doch selbst gesagt, ihr habt gestern erst um zwei Uhr morgens zu arbeiten aufgehört. Da ist es doch normal, dass Christian nicht schon um sieben wieder topfit aufspringt und weiterarbeitet", wandte Helena ein und zwinkerte Christian im Rückspiegel zu. Dieser hatte begonnen, das Käse-Schinken Sandwich zu essen, das Helena ihm noch zusammen mit Barbaras täglichem Frühstück bei deren Stammbäckerei gekauft hatte. „Kind, misch dich da nicht ein. Obwohl du natürlich Recht hast.", den letzten Teil flüsterte Barbara. Dann fuhr sie wieder in normaler Lautstärke fort: „Es ist so: Hermann, unser Pathologe, hat mich heute Früh angerufen und mir

gesagt, ich solle sofort bei ihm vorbeikommen. Da unsere Gerichtsmedizin allerdings außerhalb der Stadt liegt, dachte ich mir, ich hole dich einfach Zuhause ab. Blöderweise ist mein Wagen nicht angesprungen, weshalb ich meine Schwester angerufen habe, um sie zu fragen, ob ich ihr Auto leihen könnte. Da Sonja aber heute mit ihrem Mann ins Krankenhaus muss, da dessen Mutter dort liegt, ging das nicht. Deshalb habe ich Helena angerufen und glücklicherweise muss sie heute erst um halb elf bei ihrer ersten Vorlesung sein, sodass sie uns jetzt fahren kann. Mit ihrem Handy habe ich dir auch meine Nachricht zukommen lassen. Ich halte ja nicht sonderlich viel von diesen elektronischen Kurznachrichten, aber egal. Naja, jetzt bist du jedenfalls auf dem neuesten Stand. Hast du noch irgendetwas Wichtiges zu berichten?" Christian überlegte kurz und sagte: „Nein, leider nicht. Aber vielen Dank für das Frühstück." Helena drehte das Radio an und die Drei verbrachten die restliche Fahrt schweigend.

Helenas Peugeot rollte langsam in die Auffahrt der Pathologie. Um diese Uhrzeit standen schon viele Autos nebeneinandergepfercht auf dem Parkplatz und es schien nahezu unmöglich, einen freien Platz zu finden. Deshalb vereinbarten Barbara und Helena, dass Christian Helena anrief, wenn diese die beiden Kommissare abholen sollte. So ließ Helena die Beiden aussteigen und beschloss, in der Nähe in einem Café zu warten. Christian und Barbara erklommen zusammen die großen Steintreppen, die zum Eingang der Pathologie führten. An der großen zweiflügeligen Schwingtür, die ins Innere führte, war ein Schild mit sämtlichen Abteilungen und den dafür zuständigen Ärzten angebracht. Barbara beachtete es gar nicht mehr und ging geradewegs an ihrem Kollegen vorbei, der begonnen hatte, das Schild zu lesen. Der junge Kommissar folgte ihr zügig. Im Inneren der Gerichtsmedizin angekommen, stellte Christian ein bisschen enttäuscht fest, dass alles eigentlich aussah, wie in einem ganz normalen Krankenhaus. Es gab ein überfülltes Wartezimmer, einen Anmeldebereich, große, bunte Wegweiser und die verbrauchte Luft war erfüllt von den unangenehmen Ausdünstungen der vielen Menschen, vermischt mit dem markanten Geruch von Desinfektionsmittel. Barbara ging an der Frau, die in dem Anmeldungshäuschen saß, vorbei und nickte ihr grüßend zu. „Sie kennen ja auch wirklich jeden!", bemerkte Christian, als er die Kommissarin endlich eingeholt hatte. „Berufsrisiko", erwiderte Barbara beiläufig. Sie durchquerten den Eingangsbereich und machten vor einem riesigen Aufzug halt, aus dem gerade zwei, sich unterhaltende, weißgekleidete Ärztinnen ausstiegen. Die beiden Kriminalpolizisten stiegen ein und Barbara drückte den passenden Aufzugknopf. „3. Untergeschoss?!", entfuhr Christian, als er begriff, wohin die Reise gehen würde. „Stimmt irgendetwas nicht?", erkundigte sich die Ermittlerin. Christian schüttelte nur den Kopf, obwohl sich ihm allein bei dem Gedanken daran, gleich ein paar Meter tief unter der Erde zu sein der

Magen umdrehte. Da schlossen sich die Türen auch schon und der Aufzug setzte sich stumm in Bewegung. Eine gefühlte Ewigkeit später kamen sie endlich zum Stehen, die Schiebetüren glitten auseinander und eröffneten den Kommissaren einen unglaublichen Anblick. Ein langer, breiter Gang erstreckte sich entlang von weißen, hohen Wänden, in denen unzählige Hochsicherheitstüren eingelassen waren. „Willkommen in der Welt der Pathologie, Herr Stein." Christian fuhr herum und schaute in das fröhliche Gesicht von Dr. Hermann Sommer. Er hatte ihn überhaupt nicht kommen hören. „Hallo Barbara, meine Liebe!", begrüßte der Gerichtsmediziner auch die Hauptkommissarin. Er hätte sie zu gerne umarmt, dass sah Christian in Hermanns Augen. Doch er tat es nicht. Barbara schien es nicht zu bemerken, oder bemerken zu wollen. Jedenfalls beließ sie es bei eine paar freundlichen Worten. Dann folgten sie und Christian Hermann an seinen eigentlichen Arbeitsplatz. Vorbei an sämtlichen bestausgestatteten Laboren, mit einem Equipment, dass sicherlich ein gutes Vermögen wert war, gelangten sie schließlich an ihr Ziel. Eine gigantische, vollautomatische Schiebetür tat sich auf, als Hermann einen Elektrochip an ein Display neben dem Eingang hielt. Sofort stieg dem Nachwuchsermittler ein beißender Geruch in die Nase. Der Geruch, vor dem ihn alle seine Freunde gewarnt hatten, als er ihnen damals verkündete, er wolle Kommissar bei der Mordkommission werden. Der Gestank nach Verwesung und widerlichen Körperflüssigkeiten. Der Geruch nach Tod. Christian wunderte sich, dass beinahe nichts davon nach draußen gelangte. Auf dem Flur konnte man nur das Desinfektionsmittel, gemischt mit dem zu starken Parfum einiger Ärztinnen wahrnehmen. Die Leichenhalle sah genauso aus, wie der Kommissar sie sich vorgestellt hatte. Kalte Wände mit riesigen Flachbildschirmen, einige metallene Autopsie-Tische und große Kühlfächer. Ein paar kleine Ablagetischchen mit Rollen, auf denen Skalpelle, Pinzetten, andere merkwürdige Instrumente und kleine handbeschriftete Döschen mit seltsamen Inhalten verteilt waren, standen im ganzen Raum verstreut. „Man gewöhnt sich daran", meinte der Pathologe an Christian gewandt, dem seine angewiderten Blicke nicht entgangen waren. „An die Toten auch?", fragte dieser leise. Hermann schüttelte nur stumm den Kopf und ging in Richtung eines der Autopsie-Tische auf dem ein grünes Laken, unter dem sich eindeutig die Umrisse einer Leiche abzeichneten, einem den grauenvollen Anblick ersparte. Die beiden Kommissare folgten ihm und Hermann begann zu berichten: „Also, die Todesursache ist, wie ich bereits vermutete, äußeres Ersticken durch stumpfe Gewalteinwirkung." Der Gerichtsmediziner griff mit beiden Händen an das obere Ende des Lakens, sah Christian zögernd an und zog es, nach dessen Nicken, bis auf Schulterhöhe zurück, sodass man das Gesicht von Anastasia Berger klar erkennen konnte. Christian schloss die Augen, atmete einmal tief durch und bedeutete Hermann mit einem weiteren Nicken fort zu fahren. „Wie sich an den petechialen Blutungen an den Bindehäuten, der Sklera und den Augenlidern, der Aufgedunsenheit des Gesichtes, der Zyanose der Gesichtshaut und der Drosselmarke um den Hals erkennen lässt, wurde sie von hinten erdrosselt. Ich vermute als Tatwaffe einen dünnen Schal oder etwas Ähnliches. Der Täter muss sich von hinten an sie herangeschlichen und sie so lange stranguliert haben, bis es zu einem Sauerstoffmangel und einem starken CO_2-Überschuss in ihrem Blutkreislauf führte. Es muss ein schrecklicher Tod gewesen sein. Wenn man weiß, dass man stirbt, aber nichts dagegen unternehmen kann. Ich denke auch, dass sie versuchte, sich zu wehren. Allerdings nicht die nötige Kraft aufbringen konnte. Das wiederum lässt auf einen äußerst kräftigen Täter schließen. Abgesehen davon, dass drei Viertel aller Morde durch Erdrosselung von Männern begangen werden, müsste eine Frau für diese Tat auffallend stark sein. Aber vergesst nicht, mit der richtigen Entschlossenheit ist alles möglich! Das häufigste Motiv bei

Erdrosselung ist, wie ihr sicher wisst, Eifersucht. Das würde allerdings auf eine Affekttat deuten, was wir durch den analysierten Tathergang und die Tatsache, dass wir bereits zwei Leichen haben, ausschließen können. Naja, weiter. Sie wurde also stranguliert, bis sie durch die Kompression der Halsgefäße und die damit verbundene Sauerstoffunterversorgung des Gehirnes bewusstlos wurde. Dieser Vorgang tritt nach circa acht bis zehn Sekunden ein. Es ist schier unglaublich, aber erst nach weiteren fünf bis zehn Minuten kommt es zum Erlöschen aller anderen Körperfunktionen und somit zum Tod." Christian blickte Hermann fasziniert an und sagte langsam: „Ich weiß jetzt zwar die Bedeutung der Hälfte dieser medizinischen Fachausdrücke nicht, aber soweit ich es verstanden habe, wurde Anastasia von hinten erdrosselt und Sie gehen von einem männlichen Täter und definitiv von Mord aus." Der Gerichtsmediziner musste unwillkürlich schmunzeln, nickte aber bejahend. „Du wirst dich daran gewöhnen,

Hermanns Autopsieberichte nicht ganz nachvollziehen zu können. Auf die verständlichen, wesentlichen Punkte ist aber immer Verlass. Er hat mich noch nie enttäuscht", schaltete sich Barbara von hinten ein. Der Pathologe errötete leicht und lächelte verlegen. „Hast du sonst noch irgendetwas Wichtiges?", fragte die Kommissarin und tat, als würde sie Hermanns Reaktion auf ihr verstecktes Kompliment übersehen. „Äh, ja, ja. Zum Beispiel ist bei beiden Morden, Auffindungsort nicht gleich Tatort. Die Leichen wurden post mortem bewegt. Noch dazu habe ich keinerlei Spuren des Täters an beiden Opfern gefunden. Sie müssen also überrascht worden sein. Ach ja, der Todeszeitpunkt von Anastasia liegt zwischen ein und drei Uhr morgen. Alexandra starb etwas früher, so gegen 22 Uhr", fuhr Hermann fort. Barbara überlegte still, als plötzlich ein leises Summen den Raum erfüllte. Christian murmelte kurz ein: „Sorry", bevor er an seiner Jackentasche herumnestelte und sein Handy herausfischte. „Ja hier Stein.- Oh, hallo Helmut.- Ja wir sind gerade in der Pathologie.- Aber natürlich. Danke! Wir fahren dann sofort hin. Ciao!", Christian ließ das Handy zurück in seine Tasche gleiten und informierte seine Kollegin: „Äh Frau Wensch, das war Helmut. Er meinte, Heike Zimmerer hätte angerufen, da sie das Tagebuch ihrer Tochter gefunden hätte. Wir sollen gleich mal bei der vorbeischauen." „Ja gut. Ruf doch Helena an und sag ihr, dass wir hier fertig sind. Danke, Hermann. Du hast uns echt wieder einmal weitergeholfen." „Ist doch selbstverständlich, Barbara!", antwortete dieser.

Hermann Sommer bestand noch darauf, die beiden Kommissare nach oben zu begleiten. Dort angekommen verabschiedeten sie sich voneinander und Hermann kehrte zurück in die Gerichtsmedizin, während Barbara und Christian die Steintreppen hinab zum Parkplatz stiegen, um auf Helena zu warten. „Der steht ja mal voll auf Sie", konnte sich der junge Kommissar nicht verkneifen und grinste Barbara spitzbübisch an. „Wer? Hermann?! Das ich nicht lache! Mach dich doch nicht lächerlich!", erwiderte Barbara mit einem gekünstelten Lachen. „Naja, wie Sie meinen", antwortete Christian und die Beiden schwiegen sich erneut an. Doch ehe eine Minute verstrichen war, setzte er erneut an: „Haben Sie mal gesehen wie der Sie angafft?! Dem fallen ja gleich die Augen raus, wenn Sie kommen. Und wie er immer rot wird, wenn Sie nur irgendetwas annähernd Nettes sagen. Soll ich Ihnen mal erzählen, was er am letzten Tatort über Sie gesagt hat?" „Jetzt reicht es aber, Bürschchen! Erst mischt du dich in meinen Fall ein und jetzt auch noch in mein Privatleben? Irgendwann ist Schluss! Was hat Helena denn gesagt, wann sie da ist?", fuhr Barbara ihn an; konnte in ihre Stimme aber nur halb so viel Härte legen, wie sie es gerne getan hätte. Christian war etwas enttäuscht und sagte deshalb leicht zerknirscht: „Sie meinte, sie würde nur noch schnell zahlen und wäre dann gleich da." Die restlichen Minuten verbrachten sie schweigend, bevor Helenas schwarzer Peugeot vor ihnen zum Stehen kam. „Welche Laus ist euch denn über die Leber gelaufen?", erkundigte sich Helena, als die Kommissare im Auto Platz genommen hatten. „Keine, Kindchen. Christian ist nur schlecht geworden, weil er die Pathologie nicht verkraftet hat", antwortete ihre Tante und setzte das beste Lächeln auf, das sie in diesem Moment zustande brachte. „Naja, wenn das so ist.", murmelte Helena, ohne ihr auch nur ein Wort zu glauben und zwinkerte Christian im Rückspiegel aufmunternd zu. Barbara fragte, mehr um vom Thema ab zu lenken, als aus Interesse: „Würde es dich stören, uns in der Tannhöferstraße 14 raus zu lassen, anstatt beim Präsidium?" „Ne, kein Problem", entgegnete ihre Nichte ohne weiter nach zu fragen.

5

„Gut, dass Sie da sind. Kommen Sie doch bitte rein", hieß Heike Zimmerer, die bereits an der Tür gewartet hatte, die beiden Kommissare Willkommen. Barbara Wensch und Christian Stein folgten der Hausherrin durch die Eingangshalle ins Wohnzimmer und nahmen erneut auf der schwarzen Sofalandschaft Platz. Auf dem Glastisch waren drei Tassen, eine bis zum Rand gefüllte Kanne und einige Kekse auf einem Tellerchen bereitgestellt. Der Duft nach frischgekochtem Kaffee erfüllte die Luft und vermittelte ein angenehmes Gefühl von Wärme. „Sie möchten doch, oder?", fragte die höfliche Gastgeberin, während sie schon auffordernd die blaugetupfte Kanne anhob. Die Ermittler nickten und Frau Zimmerer goss ihnen und sich selbst die dampfende Brühe in die zur Kaffeekanne passenden Tassen. „Bedienen Sie sich bitte!", fügte sie noch mit einer Geste auf die Kekse hinzu. „Vielen Dank. Sie sagten meinem Chef am Telefon, Sie hätten Alexandras Tagebuch gefunden?", hakte Barbara nach, um nicht allzu lang um den heißen Brei herum reden zu müssen. Heike Zimmerer verschluckte sich an ihrem Kaffee und hüstelte kurz, bevor sie antwortete: „Ja. Ich habe es gefunden, als ich heute Morgen anfing, Alexandras Zimmer auszuräumen." „Ich will Ihnen ja jetzt nicht zu nahe treten, aber Sie haben jetzt schon damit begonnen das Zimmer Ihrer Tochter auszuräumen?", erkundigte sich Christian ungläubig. Er konnte es nicht nachvollziehen, dass Frau Zimmerer nach ihrem gestrigen Zusammenbruch heute schon dazu bereit war, sich von Alexandras persönlichen Gegenständen zu trennen. „Ja das habe ich. Ich hielt es für richtig, diese Sache schnell hinter mich zu bringen. Das Leben muss weitergehen. Morgen gehe ich wieder arbeiten; das Geld überweist sich schließlich nicht von alleine auf unser Konto. Wir müssen jetzt alle stark sein und wir trauern auch. Dies heißt aber nicht, dass wir gegenüber der Öffentlichkeit unsere Haltung verlieren dürfen. Innerlich weinen wir um unsere Tochter, aber äußerlich wahren wir unser Gesicht und Ansehen. In unserem Business ist es von großer Bedeutung, seine Gefühle vor der Konkurrenz zu verbergen. Sie können ja nicht im Geringsten ahnen, wie viele Leute nur darauf warten, Gert oder mir die Position streitig zu machen. Solche Menschen hoffen doch geradezu auf solche Situationen, um dann im richtigen Moment zu zuschlagen." Frau Zimmerers Worte klangen von Satz zu Satz unsicherer. Barbara warf Christian einen Blick, der unmissverständlich sagte „Halt dich raus. Lass mich nur machen", zu und ging ganz auf Heike Zimmerers Theater ein: „Aber natürlich. Das können wir durchaus nachvollziehen. Sie haben unser vollstes Verständnis für Ihr Verhalten. Aber Sie müssen auch verstehen, dass wir unsere Arbeit machen müssen, um den Mörder zu finden. Wenn Sie uns jetzt also bitte das Tagebuch geben würden. Wir halten Sie natürlich auf dem Laufenden. Und vergessen Sie nicht: Falls Sie einmal ein Problem haben sollten, können Sie sich natürlich jederzeit an uns wenden. Sie haben ja unsere Karte."

Christian sah förmlich die Erleichterung darüber, dass die Kommissare ihr ihre schlechten Lügen abgenommen hatten, in Frau Zimmerers Gesicht aufleuchten. Sie stand auf, ging zum Regal und zog dort ein kleines Büchlein hervor. Dann kehrte sie zurück zum Tisch und überreichte es Barbara fast feierlich. „Ich habe keine Probleme, aber danke für das Angebot. Ich bitte Sie nur, für den Fall, dass in diesem Buch irgendwelche peinlichen Geschichten auftauchen, um absolute Diskretion." Mit diesen Worten gab sie der Hauptkommissarin das kleine, schwarze Notizbuch ohne Aufschrift oder sonstige äußerliche Gestaltung. „Wollen Sie damit sagen, Sie hätten es nicht gelesen?", konnte sich Christian nicht verkneifen. „Nein, wozu auch. Das Privatleben meiner Tochter geht mich nichts an. Daran ändert auch die Tatsache ihres Todes nichts", antwortete Heike Zimmerer, als wäre es das Selbstverständlichste der Welt. Barbara stand auf, kippte ihren Kaffee mit einem Zug herunter und reichte ihrem Gegenüber die Rechte: „Vielen Dank für Ihre Unterstützung und Ihr Vertrauen! Aber so leid es mir tut, wir müssen jetzt wieder los. Wir haben bedauerlicherweise noch einige wichtige Termine; aber das kennen Sie ja sicher." Die Hausherrin schüttelte leicht verblüfft die Hand und verabschiedete sich ebenfalls. Nachdem sich auch Christian für die Gastfreundlichkeit bedankt hatte, verließen die beiden Kommissare die Villa.

„Was war das denn jetzt?", rutschte Christian heraus, kaum, dass sie dem Anwesen den Rücken zugekehrt hatten. Die Hauptkommissarin sog tief die angenehm kühle Luft ein, ehe sie begann, ihr Verhalten zu erklären: „Ach, Christian. Es ist dir wohl nicht entgangen, dass Frau Zimmerer lügt wie gedruckt. Aber heute kommen wir mit ihr sicherlich nicht weiter. Ich hoffe nur, dass sie sich früh genug bei uns meldet. Bevor sie etwas tut, was sie danach bereuen könnte."
„Sie spielen auf die blauen Flecken an, oder?", entgegnete der junge Kommissar. Barbara warf ihm einen anerkennenden Blick zu. „Gut beobachtet. Ja genau, unter

anderem. Ich fand es das letzte Mal schon so merkwürdig, wie sie sich gegenüber ihrem Mann verhält. Wie sie ihn ansieht. Naja und wie sie von ihm spricht. Ich denke auch, dass Gert Zimmerer wollte, dass seine Frau Alexandras Zimmer ausräumt. Solche Männer kann ich nicht ausstehen! Was die sich immer einbilden." „Ich weiß, was Sie meinen. Aber die meisten Frauen trauen sich nicht, zur Polizei zu gehen. Aus ziemlich unterschiedlichen Gründen. Zum Beispiel, weil sie Angst haben, dass ihnen niemand glaubt. Oder weil sie denken, durchhalten zu müssen, meist der Kinder wegen. Es klingt unglaublich, doch die Frauen lassen sich lieber schlagen und erniedrigen, als zu verantworten, dass ihre Kinder ohne Vater aufwachsen müssen", stimmte Christian seiner Kollegin zu. „Du bist wirklich äußerst gut informiert. Das kommt doch unmöglich nur von deinem Studium, oder?" Christian schüttelte nur den Kopf, ging aber sonst nicht weiter auf Barbaras Frage ein. Sie schweigen sich eine Weile an, während Beide ihren Gedanken nachhingen. Von weiter weg hörten sie die dumpfen Schläge der Kirchturmuhr und das Geschrei streitender Kinder. „Ich finde einfach keine Verbindung zwischen Anastasia und Alexandra. Natürlich abgesehen davon, dass Beide innerhalb kürzester Zeit auf dieselbe Art und Weise ermordet wurden. Sie stammen aus völlig unterschiedlichen Gesellschaftsschichten, gehen auf verschiedene Schulen und führen ein komplett anderes Leben, als die jeweilig andere. Es gibt kaum Überschneidungen ihrer, uns bekannten Eigenschaften, außer…" „Dass sie beide anscheinend kein Privat- oder Sozialleben haben. Was es, wie wir schon festgestellt haben, heutzutage nicht gibt. Ich wette ja alles, dass das Tagebuch einige aufschlussreiche Ergebnisse liefern wird.", vollendete Christian aufgeregt Barbaras Satz. Diese überlegte kurz, sagte dann aber: „Da vorne ist ein kleines Café, da setzten wir uns jetzt rein, trinken einen Kaffee und lesen dieses Buch." „Echt eine super Idee! Ich bin eh total übermüdet, ich habe meinen Kaffee schließlich vorher stehen lassen", stimmte Christian begeistert zu. Die beiden Kommissare gingen auf das kleine Café, dessen Schaufenster mit allerlei bunten Dingen geschmückt war, zu. Luftballons, Konfetti, einige Clownsmasken und Luftschlangen. Typisch für die Faschingszeit waren auch die in schwungvoller Handschrift geschriebenen Schildchen, die einladend auf „Frische Krapfen" hinwiesen. Als Barbara die Tür aufdrückte, schwappte ihnen der Duft von köstlichem Gebäck, zuckersüßen Törtchen und wunderbar verzierten Amerikanern, die die reichlich ausgestattete Theke zierten, entgegen. Eine Frau mit weißer Schürze und mehlbeflecktem Gesicht kam gerade mit einem neuen Schwung Krapfen aus der Backstube, während Christian das gemütliche, kleine Café betrat. Die Wände waren in zartrosa gehalten und der Besitzer hatte beim Einrichten auf jedes Detail geachtet. Es gab verschnörkelte Deckenlampen und der ganze Raum hatte irgendwie etwas Fabelhaftes an sich. Kleine Stühle mit bonbonrosanen Bezügen standen an runden, weißen Tischen verteilt und der junge Kommissar hatte ein Gefühl, als sei er in ein Kinderbuch über Feen und Elfen gefallen. „Wunderbar, wirklich..." „Kitschig! Ich habe schon immer gesagt, dass hier definitiv zu viel rosa im Raum ist. Schnörkel hier, Schnörkel da. Fehlen nur noch Rosenblätter und Glitzerstaub, dann haben wir die Kulisse für die nächste Disneyschnulze", zerstörte Barbaras vehemente Stimme den herrlichen Zauber. „Du hattest noch nie einen Sinn für sowas! Was machst du eigentlich hier? Willst du mich besuchen, oder meinen Laden kritisieren?", schaltete sich die Dame mit den Krapfen ein. „Ich will dich doch nicht kritisieren, aber eine kleine Anmerkung wird man doch wohl noch machen dürfen, Schwesterchen", Barbara hatte jetzt ein breites Grinsen aufgelegt und ließ so viel Ironie in ihren Worten mitschwingen, dass sie förmlich davon trieften. „Darf ich vorstellen: meine Schwester Sonja", erläuterte die Kommissarin die Situation und umarmte sie herzlich. „Sie sind Helenas

Mutter?", fragte Christian, dem sofort Sonjas Augen aufgefallen waren. Sie waren Helenas so ähnlich, dass er es kaum glauben konnte. „Ich habe zwar schon bessere Assoziationen zu mir gehört, aber ja die bin ich. Und du bist wohl der kleine Schlaumeier, der meiner lieben Schwester den Job klauen will?", antwortete Sonja spöttisch. „Das ist nicht lustig, meine Liebe. Das ist doch wirklich das Allerletzte von Helmut. Und das nach all den gemeinsamen Jahren", schnaubte Barbara. Sonja tätschelte ihr beruhigend die Schulter und meinte, während sie hinter dem Tresen verschwand: „Jetzt trinkt ihr Beide erst einmal einen heißen Tee. Ich hätte da nämlich einen wunderbaren australischen. Den habe ich gerade erst frisch reinbekommen. Dann sieht die Welt schon wieder ganz anders aus." „Ja genau. Christian erwähnte vorher, er sei müde. Mach ihm doch meine Spezialaufwachmischung. Davon wird er bestimmt gleich wieder putzmunter", bat Barbara ihre Schwester. Sonja legte ihren Kopf zur Seite „Bist du sicher, dass er die verkraftet?" Barbara nickte nur und schmunzelte vergnügt und Sonja machte sich an die Arbeit. Christian blickte ein bisschen skeptisch drein, folgte Barbara aber schließlich zu einem der Tische und setzte sich auf den Stuhl neben sie. Die Kommissarin zog aufgeregt das kleine, schwarze Tagebuch von Alexandra Zimmerer aus der Tasche ihres roten Mantels und legte es vorsichtig auf den Tisch. „Glauben Sie eigentlich, dass es echt ist?", fragte Christian vorsichtig nach. „Das werden wir hoffentlich gleich wissen", antwortete Barbara, die inzwischen vorsichtig die erste Seite aufgeklappt hatte. Sie überflog kurz die ersten Zeilen und blätterte dann einige Seiten weiter. Als sie meinte, die richtige Stelle gefunden zu haben, setzte sie mit etwas nervöser Stimme an: „*10. Februar: Sell ist so eine Zicke. Erst schmeißt sie sich an Jey ran, und dann, als er endlich auf sie anspringt, lässt sie ihn abblitzen. Dummheit! Aber egal. Viel wichtiger ist, dass Ann heute endlich mal wieder da war. Seit sie wieder in diesem verdammten Heim ist, geht es ihr echt scheiße. Sie hängt rum, hat zu nix Bock und kommt immer seltener. Und das alles wegen dieser dämlichen alten Frau, die meint, sich die ganze Zeit um sie kümmern und sich in ihr Leben einmischen zu müssen. Hoffentlich kommt sie am Sonntag zu Jennys Party. Das würde sie mal auf andere Gedanken bringen. Aber beeinflussen kann ich das ja eh nicht…"*. „Da schaut ihr Zwei. Einen fruchtigen australischen Tee und einmal Barbaras Spezialmischung", unterbrach Sonja die Lesung und stellte zwei dampfende Tassen vor die Kommissare auf den Tisch. Der australische Tee verströmte einen herrlichen Duft von Orangen, Avocado und Bananen. Dahingegen sah das Gebräu, das vor Christian stand, nicht im Geringsten genießbar aus. Auf Barbaras auffordernden Blick hin nippte er vorsichtig daran und hätte es beinahe wieder ausgespuckt. „Was, um Himmels Willen, ist das?", entfuhr es ihm angewidert. Barbara kicherte leise, ehe sie ihm antwortete: „Das, mein Lieber, ist die beste Möglichkeit, heiter und aufgeweckt in den Tag zu starten." „Es schmeckt unglaublich süß! Man glaubt, man trinkt puren Zucker!", beschwerte sich Christian. „Das liegt vielleicht daran, dass im Rezept zwei gehäufte Esslöffel Zucker enthalten sind", erwiderte Sonja vergnügt. „Rezept?! Für das da gibt es auch noch ein Rezept?", hakte der Kommissar ungläubig nach. Barbara schnaubte verächtlich: „Was dachtest du denn?! Ich habe es mir vor vielen Jahren ausgedacht. Es ist ganz einfach: Man nehme einen Schuss Espresso und zwei Esslöffel Zucker. Alles gut umrühren und anschließend mit heißer Milch aufgießen. Ich empfehle laktosefreie Milch, da die einfach süßer ist. Und natürlich, weil man sie in diesen praktischen kleinen Packungen kaufen kann. Da ist einfach das Risiko, dass sie schlecht wird, viel geringer. Das Ganze gibt einen äußerst starken Energieschub; Cola oder Energie-Drinks sind da Kindergarten dagegen. Und jetzt brav austrinken. Los!" Christian zögerte etwas, leerte die Tasse dann aber in einem Zug, da er die erwartungsvollen Blicke von Barbara und Sonja, die ihn in diesem Moment gefährlich an zwei der drei Furien aus der griechischen Mythologie erinnerten, keine Sekunde länger ertragen hätte. Die Genugtuung, die sich auf dem Gesicht der Kommissarin ausbreitete, stimmte Christian nicht viel besser. Barbara lächelte noch einmal schelmisch und sagte bestimmend: „So, jetzt aber wieder zurück zum Thema. Also, wo war ich? *Ich bin wahrscheinlich die Letzte, auf die sie hören würde. 12. Februar: Dieses perverse Schwein! Wenn ich nur an ihn denke, könnte ich kotzen. Jetzt hat er doch echt versucht, mich anzugrabschen. Sonst rennt er zu meiner Mutter, hat er gesagt! Dass ich nicht lache. Aber soweit kommts noch, dass ich mir von so einem Widerling sagen lassen muss, was ich zu tun habe. Nie mehr, habe ich mir damals geschworen, nie mehr! Aber er kann es einfach nicht lassen. Ich muss unbedingt mit Mom reden und mit Jenny. Ach, wenn Mom mir doch verdammt nochmal einmal in ihrem Leben zuhören würde! Aber sie muss natürlich arbeiten…. 13. Februar: Morgen ist die Party und Ann meldet sich nicht. Wenn ich doch nur wüsste,…"*. Das Surren von Christians Handyklingelton unterbrach Barbara erneut. Der Kommissar zog sein Handy hervor und meldete sich: „Ja, hier Stein. – Ach Gott, nicht schon wieder. – Ja wir machen uns natürlich umgehend auf den Weg. Bis gleich." Christians Miene wirkte wie versteinert, nachdem er das Gespräch beendet hatte. „Frau Wensch, wir haben ein Dornröschen", fasste er das Telefonat in einem Satz zusammen und diesmal war kein einziges Fünkchen Begeisterung in seiner Stimme zu erkennen. Barbara sprang auf, schlüpfte in ihren Trenchcoat und fragte an Sonja gewandt: „Darf ich deinen Wagen ausleihen? Meiner ist doch in der Werkstatt. Ich bringe ihn dir auch heute Abend wieder zurück." „Natürlich", entgegnete diese und reichte ihrer Schwester den Autoschlüssel. „Danke. Bis heute Abend", verabschiedete sich Barbara und war schon fast aus der Tür gerauscht, als Sonja ihr noch hinterherrief: „Pass auf dich auf, Schwesterchen."

„Schon wieder im Wald und schon wieder eine Märchenfigur. Was soll das eigentlich für ein Motiv darstellen?", sagte Barbara Wensch zum wiederholten Mal. Während der ganzen Autofahrt hatten die Kommissare über den Fall diskutiert und über das neue Opfer spekuliert. „Und wo soll dieser Treffpunkt sein, von dem Alexandra in ihrem Tagebuch spricht? Wer sind Sell, Ann, Jay, Jenny und dieser Kerl, der Alexandra anscheinend erpressen wollte? Ann könnte für Anastasia stehen, da sie ja ins Heim geht, wo wir natürlich endlich die Verbindung zwischen den beiden Opfern gefunden hätten. Und wer ist mit dieser Frau im Kinderheim gemeint? Frau Kunert? Allerdings wirkte sie nicht so, als habe sie Probleme mit Anastasia gehabt", trug Christian nochmal alle bisherigen Ergebnisse zusammen. Barbara parkte Sonjas Auto neben zwei Streifenwagen und stieg aus. Im Eilschritt schlüpfte sie unter dem Absperrband durch und lief zielstrebig auf Dr. Hermann Sommer zu, der gerade seine Einweghandschuhe abstreifte und sie einem der Spurensicherer in die Hand drückte. „Wie bei den anderen nehme ich an?", sprach Barbara Hermann von hinten an. Dieser drehte sich um und sagte betrübt: „Oh, hallo Barbara. Ja, es scheint alles auf denselben Täter hinzudeuten. Seid ihr denn schon irgendwie weiter gekommen? Drei Leichen in nur drei Tagen. Der Mörder hat ja einen ziemlich straffen Zeitplan." „Nein, zum Teufel! Du weißt ja gar nicht, wie es mir damit geht. Ich kann nicht mehr schlafen, weil ich weiß, dass ich am nächsten Tag an einem neuen Tatort stehen und die Leiche eines jungen Mädchens, dass doch eigentlich noch ihr ganzes Leben vor sich hat, begutachten werde. Und dann fahre ich zu ihren Eltern und zerstöre mit ein paar kleinen Worten deren Leben!", entgegnete die Ermittlerin erzürnt, wurde aber von Satz zu Satz trauriger. „Doch, ich weiß, wie es dir geht, Barbara. Weil ich diese Mädchen nämlich obduziere. Aber das ist es nicht, stimmts? Sie erinnern dich an Helena, richtig?", vermutete der Gerichtsmediziner mit verständnisvoller Stimme. Barbara nickte langsam, fuhr sich dann aber mit der einen Hand durch die Haare und sagte wieder mit der gewohnten Feste in der Stimme: „Tut nichts zur Sache. Wissen wir, wie sie heißt?" Hermann war sichtlich froh, dass Barbara sich wieder gefangen hatte: „Ja, schon. Ihr Name ist Selina Harzer." „Sell", murmelte die Kommissarin und blickte unwillkürlich in Richtung der Leiche. Wie bei den anderen beiden Toten lag ein Ausdruck des innigsten Friedens auf ihrem Gesicht. Selinas lange, blonde, lockige Haare fielen ihr elegant über die Schultern und ließen sie prinzessinnengleich aussehen. Ihr zartrosa, trägerloses Cocktailkleid wurde wunderbar von ihrem schimmernden Lipgloss und ihrem dezenten Make-Up untermalt. Dass die Leiche Dornröschen darstellen sollte, war nicht zu übersehen. Eine prachtvolle, tiefrote Rose wurde von ihren zierlichen, ineinander gefalteten Händen umschlossen. „Warum ausgerechnet Märchenfiguren, Hermann?", fragte Barbara nachdenklich. Dieser überlegte kurz und antwortete schließlich:

„Ich denke das ist so eine Art Metapher. So etwas Grausames wie ein Mord, vermischt mit etwas Fabelhaften wie einer Prinzessin, oder eben irgendeiner Märchenfigur. Obwohl Märchen oder Fabeln ja eigentlich auch etwas Grausames sind. Hänsel und Gretel verbrennen zum Beispiel eine Hexe, dargestellt von einer alten Dame mit Buckel und Warze auf der Nase. Eigentlich eine harmlose Person, wenn man davon absieht, dass die Hexe Hänsel braten und essen will. Märchen waren früher allerdings auch nicht als nette Gutenachtgeschichten gedacht. Sie waren eher so eine Art Erziehungsmaßnahme. Um bei Hänsel und Gretel zu bleiben: Die Geschichte sollte zeigen, dass man keiner fremden Person vertrauen soll, wenn sie auch noch so nett und freundlich aussieht und in einem leckeren Lebkuchenhäuschen wohnt. Ein Märchen macht daraus natürliche eine übertriebene, ins Zauberhafte gezogene Geschichte, die aber durchaus einen wahren Kern hat. Was der Mörder uns damit sagen will, weiß ich leider nicht." „Oder er ist einfach psychisch gestört und findet es lustig, junge Mädchen brutal zu ermorden und sie dann wie schlafende Puppen aussehen zu lassen", meinte Christian, der bei Hermanns Vortrag über Märchen interessiert herüber gekommen war. „Ach Christian, ist nicht jeder Mörder irgendwie psychisch gestört? Es ist doch schließlich unsere Aufgabe, diese Störung zu erkennen und dadurch auf die Beweggründe oder eben das Motiv des Täters zu stoßen. Die pure, unwillkürliche Mordlust kann es außerdem nicht gewesen sein, da sich die Opfer alle gegenseitig kannten. Für mich scheint es eher so, als wären diese Morde lange geplant worden. Und entweder der Täter ist so schlau und raffiniert, dass er alles nur wie die Tat eines Psychopathen aussehen lässt oder er ist eben ein Psychopath. Wir dürfen nur eines nicht vergessen: Alexandra spricht in ihrem Tagebuch von sich und noch drei weiteren Mädchen. Bis jetzt haben wir aber nur drei Leichen. Das heißt, das vierte Mädchen hat irgendetwas mit den Morden zu tun oder sie ist ein potenzielles nächstes Opfer. Egal, welche der beiden Annahmen nun richtig ist, wir müssen diese Jenny schleunigst finden, bevor ihr etwas zustößt!"

6

„In diesem Tagebuch muss doch irgendwo drinstehen, wo dieser Ort ist, an dem sich die vier Mädchen immer getroffen haben!", murmelte Barbara Wensch vor sich hin, während sie sich mit Christian Stein auf den Weg zum Polizeipräsidium machte. Der Kommissar blätterte unentwegt in Alexandras Tagebuch herum, ohne irgendetwas zu finden. Die graue Winterlandschaft, die von niemandem so richtig beachtet wurde, rauschte an den Fenstern des Wagens vorbei. Letzte Reste des kargen Schnees zierten vermischt mit Schlamm und Regenwasser den Straßenrand. Christian ließ seinen Blick aus dem Fenster gleiten. Ein kleines Mädchen im gelben Regenmantel hüpfte, zum Ärger seiner Mutter, vergnügt in eine Pfütze. Zwei Jungen lieferten sich eine Schnee-Schlamm-Schlacht, bei der sie ihre Schulranzen als Schutzschilde benutzten. In diesem Augenblick fiel dem Nachwuchsermittler siedend heiß ein, was er Barbara schon längst vorschlagen wollte. Er schlug sich mit der flachen Hand vor die Stirn und stieß aufgeregt hervor: „Natürlich! Ich weiß jetzt, wo wir Jenny finden!" „Und wo, bitteschön?", fragte Barbara nach. „Ja, in ihrer Schule! Ich wette, Anastasia, Alexandra, Selina und Jenny gingen auf ein und dieselbe Schule!" „Oh, Christian, das ist ja ziemlich schlau! Jetzt im Ernst. Dass ich da nicht schon längst selber draufgekommen bin", entgegnete Barbara verblüfft. Christian grinste triumphierend und sagte: „Das heißt dann wohl: Nächste Haltestelle: Karl-Marx-Gymnasium." „Genau. Und du rufst jetzt gleich mal Helmut an und sagst ihm, er soll irgendwelche Kollegen zu Selinas Eltern schicken. Dann bleibt uns das heute ausnahmsweise mal erspart", befahl Barbara. Christian salutierte und antwortete in dem unterwürfigsten Ton, den er in diesem Moment zustande brachte: „Jawohl, Sir!"

Das Karl-Marx-Gymnasium stellte sich als genau die Schule heraus, an die man bei dem

Wort Gymnasium dachte. Ein riesiger, hässlich grauer Altbau, von dem einige neuere Seitengebäude abzweigten, war das Zentrum der Schule. An ein paar Ecken bröckelte der Putz von der Wand und Blechdosen und Papiertüten verteilten sich überall auf dem breiten, gepflasterten Weg, der zum Eingang führte. Die beiden Kommissare gingen auf die große Tür zu, über der sie ein buntes Schild willkommen hieß. „Das weckt Erinnerungen, was?", sagte Christian mehr zu sich selbst. „Mehr, als du dir vorstellen kannst", antwortete seine Kollegin trotzdem. Sie zog die Tür auf und wurde fast von einer Gruppe Jugendlicher umgerannt. „Pass gefälligst auf, wo du hin latschst, du Oma!", zischte einer von ihnen, mit glimmender Zigarette im Mund, Barbara an. Die Kommissarin schien nicht sonderlich beindruckt zu sein und antwortete scharf: „Die Oma hätte jetzt gerne mal deinen Personalausweis, Freundchen. Sonst weiß sie nämlich, wo du in Zukunft nicht mehr rumlatschen wirst." „Wieso sollte ich Ihnen meinen Ausweis geben?!", blaffte der Junge genervt. „Weil ich vorhabe, diese Schule zu kaufen. Und wenn ich feststelle, dass hier lauter so verwahrloste Kinder wie du herumlaufen, werde ich eine Klosterschule daraus machen. Außerdem werden deine Eltern die ersten sein, die die Nachricht erhalten, dass ihr Sohn vom Gymnasium geflogen ist", behauptete Barbara ohne mit der Wimper zu zucken. Der Junge mit der Zigarette überlegte kurz und sagte dann: „Ok, ok. Sorry! Wird nicht mehr vorkommen, dass ich Sie anspreche. Aber lassen Sie meine Eltern aus dem Spiel." „Da hast du aber nochmal Glück gehabt. Und jetzt sag uns doch bitte, was du über eine gewisse Jenny weißt", ergriff die Ermittlerin die günstige Gelegenheit. „Jenny... Meinen Sie die Kleine aus der 10.?" „Ja, könnte sein", schaltete sich Christian ein. Der Junge drehte sich zu seiner Clique um und begann dann: „Tja, was wissen wir über die? Sie ist ziemlich süß, aber ein bisschen zu jung für mich. Wissen Sie, ich steh eher auf reifere Girls." „Zum Beispiel auf Selina Harzer? Hattest du was mit ihr?", meinte Barbara direkt. „Hä, was ist denn jetzt mit der?", fragte der Junge. Ein blondes Mädchen, das dicht hinter ihm stand, fuhr ihn böse an: „Du hast gesagt, da läuft nichts zwischen euch! Aber ich hab's ja schon immer gewusst!" „Ne, da war nix, echt Babe!" Das blonde Mädchen schnaubte entgeistert und lief in die andere Richtung davon. „Danke, echt! Warum wollen Sie das eigentlich alles wissen?", fragte der Junge die Kommissare. „Naja, wir sind von der Polizei und wir sind auf der Suche nach einer Jenny", klärte Christian ihn auf. „Bullen? Ja das hätte ich mir ja mal gleich denken können. Aber jetzt ist es ja auch schon egal. Also Jenny heißt Jennifer Auer. Sie hängt eigentlich immer mit Anastasia, Alex und Selina ab. An so einem alten Bahnhofshäuschen. Sie sehen alle vier ziemlich gut aus und Anastasia wohnt, glaub ich, im Heim. Alex Eltern haben echt sau viel Geld, sie hat aber oft Stress mit ihrem Vater. Und bei Jenny und Selina ist eigentlich alles ganz normal und easy. Sonst weiß ich aber nix." „Danke, Jay, das hat uns jetzt weitergeholfen", bedankte sich Barbara für die Informationen und wollte schon gehen, als dem Jungen auffiel: „Hey, woher wissen Sie meinen Namen?" „Tja, bis demnächst!" Die Hauptkommissarin grinste verschmitzt, schob den verblüfften Jungen arglos zur Seite und machte sich mit ihrem Kollegen auf den Weg ins Innere des Gebäudes.

Nachdem sie ein paar Schritte gegangen waren, fragte Christian neugierig: „Woher wussten Sie, dass der Junge Jay ist?" „Du meinst, abgesehen von der Tatsache, dass er bei der Erwähnung von Selinas Namen schlagartig zu seiner Freundin geschaut hat, und diese Selina zufällig total ähnlich sieht? Er hatte ein Armband mit seinem Namen um das Handgelenk", erklärte Barbara triumphierend. „Kluger Schachzug. Auch Ihr, ich will die Schule kaufen und ich geh zu deinen Eltern, Theater." „Findest du? Hätte ich ihm gesagt, wir seien von der Polizei, dann hätte er uns doch nur angelogen", meinte die Kommissarin. Schmunzelnd machten sich die Beiden auf den Weg in den Direktoratsgang der Schule. Unbeirrt folgte

Christian seiner Kollegin, da diese dem Tempo nach zu urteilen genau wusste, wo es hinging. Nach einigen Minuten des Schweigens musste der junge Kommissar einfach nachhaken: „Woher wissen Sie eigentlich, wo wir hin müssen?" „Naja, was soll ich sagen. Ich bin eben allwissend. Nein Scherz. Mein zweiter Exmann hat hier gearbeitet. Bis er schließlich vor zwei Jahren in Rente ging." „Sie waren schon mal verheiratet?", rutschte es Christian ungläubig heraus. „Ganze zweimal bereits, wenn man es genau nimmt. Klingt das so unvorstellbar?" „Nein, natürlich nicht. Ich will Ihnen jetzt ja nicht zu nahe treten, aber darf ich fragen, warum diese Ehen scheiterten?" „Nein, darfst du eigentlich nicht. Aber ich will mal nicht so sein. Mein erster Gatte Erich hat mich mit seiner Sekretärin betrogen und Bernd, die Nummer zwei, hat mich von sich aus verlassen", antwortete die Mordkommissarin etwas widerwillig. Bernd war ein wirklich toller Mann gewesen. Er hatte sie wirklich geliebt und ihr das auch oft gezeigt. Leider war

Barbara damals fast am Höhepunkt ihrer Karriere und hatte deshalb gedanklich gar keine Nerven für eine Beziehung. Bemerkt hatte er das allerding nie und zu guter Letzt hatte er ihr einen Antrag gemacht. Was hätte sie anderes tun sollen, als „ja" zu sagen? „Nein" sagen. Bestimmt nicht. Die Ehe hielt ohnehin nicht lange. Eines Tages hatte Bernd seine Koffer gepackt, als seine Ehefrau wieder einmal viel später als geplant von der Arbeit nach Hause kam. Mit den Worten „Barbara, ich denke du weißt, was ich dir sagen muss. Ich hätte es schon längst tun sollen. Ich schaffe es einfach nicht mehr. Du weißt selbst, dass du deine Arbeit immer mehr geliebt hast als mich. Nur, dass du mit ihr auch mehr verheiratet bist als mit mir, das verkrafte ich nicht mehr. Mach es gut, meine Liebe" und einem letzten Küsschen auf die Wange hatte er sie damals verlassen. Die beiden Ermittler kamen in einem breiten Gang an, von dem mehrere Bürotüren abzweigten. Er war weiß und kalt. Einige Plastikpalmen standen als mickrige Dekoration an den Wänden entlang verteilt.

„Das Lehrerzimmer ist da." Barbara zeigte mit einer Geste auf eine der Türen. Sie klopfte ein paar Mal fest daran, bevor diese von einem sicherlich zwei Meter großen Mann mit beiger Kaffeetasse in der Hand geöffnet wurde. „Wie kann ich Ihnen helfen?", fragte er mit tiefer Stimme. „Guten Tag. Wir sind von der Polizei. Mein Name ist Barbara Wensch und das ist der Herr Stein. Wir würden gerne mit dem Klassenlehrer von Alexandra Zimmerer sprechen", stellte sich die Kommissarin wie üblich vor. „Na, da müssen Sie mal eben einen Moment warten. Ich hole ihn gleich", sagte der Lehrer hilfsbereit und ging zurück ins Lehrerzimmer. Die Wartezeit verbrachten die Kommissare schweigend. Es war so still in dem Gang, dass man das Gekicher und die lauten Rufe einiger Kinder aus dem Erdgeschoss hören konnte. Schließlich wurde die Tür erneut geöffnet und ein deutlich kleinerer Mann im karierten Hemd und Cordhose trat vorsichtig heraus. Seine wenigen, ehemalig schwarzen, mittlerweile grauen Haare hatte er mit größter Sorgfalt in eine Richtung gekämmt.

„Was wollen Sie denn bitte von mir?", erkundigte sich der schlaksige Lehrer abweisend. „Wir würden Ihnen gerne ein paar Fragen zu einer Ihrer Schülerinnen stellen. Es handelt sich um Alexandra Zimmerer", erklärte Christian den Besuch. „So, so. Die Zimmerer. Nicht gerade der hellste Kopf, der durch diese Schule wandelt. Aber äußerst nette Eltern. Was wollen Sie mich denn so dringend fragen?" „Wie wäre es, wenn wir uns erst einmal einander vorstellen? Wensch, mein Name und mein Kollege Herr Stein. Mit wem haben wir denn die Ehre?" „Hirsch. Eberhard Hirsch. Aber nun zum Thema. Was wollen Sie von mir?", erwiderte Herr Hirsch neugierig. Barbara musterte ihn einmal von oben bis unten. Er war ein Mathelehrer wie aus dem Bilderbuch. Fettige Haare, runde Brille und auffällig buckelige Haltung. „Herr Hirsch also. In welchen Fächern unterrichten Sie Alexandra denn?", stellte die Kommissarin die harmloseste Frage, die ihr gerade einfiel. Hämisch antwortete er: „Mathematik und Geographie. Obwohl die Leistung des

Fräulein Zimmerer ja in diesen Gedankenabteilungen deutlich zu Wünschen übrig lässt." „Naja nicht jeder ist ein Mathegenie. Ist Ihnen in letzter Zeit irgendetwas Bedenkliches an ihr aufgefallen?", fragte Christian weiter. „Wenn Sie die zweite sechs in einer Mathematikschulaufgabe und ihre Versetzungsgefahr als bedenklich bezeichnen würden?" „Sie war versetzungsgefährdet?" „Warum in Gottes Namen benutzen Sie das Präteritum, Herr Stein?", entfuhr es dem seltsamen Lehrer interessiert. „Tat er das? Sie sind ja ausgesprochen aufmerksam, Herr Hirsch", antwortete Barbara an der Stelle ihres Kollegen. „Hatten Sie das Gefühl, Alexandra stand in gewissem Maße unter Druck?", fuhr sie fort. Eberhard Hirsch nahm seine Brille ab und wischte mit seinem Hemd darüber, bevor er entgegnete: „So wie das eben ist, wenn man erfolgreiche Eltern hat und selbst ein Nichtsnutz ist." Die Hauptkommissarin war von den ausweichenden Antworten so genervt, dass sie überfreundlich sagte:

„Entschuldigen Sie bitte die Störung. Wir müssen jetzt leider weiter. Vielen Dank nochmal." Dann zog sie den überraschten Christian hinter sich her aus dem Direktoratsgang und ließ den nicht weniger verblüfften Eberhard Hirsch stehen. „Der kam mir ziemlich verdächtig vor", warf der junge Kommissar vorwurfsvoll ein. „Ja, mir auch. Aber er ist clever genug, sich nicht zu verraten. Wir müssen warten, bis er einen Fehler macht", erwiderte seine Kollegin nachdenklich. Die Beiden machten sich schweigsam auf den Weg zum Auto. „Jetzt müssen wir nur noch Jennifer Auer finden", sagte Barbara Wensch und trat auf das Gaspedal.

„Felsenmühlweg 23 a, da wären wir", meinte Barbara, während sie gefolgt von ihrem Kollegen auf das weiße Reihenhaus zuging. Es hatte grüne Fensterläden und zwei üppige Buchsbaumsträucher zierten den Eingang. Christian drückte zweimal kurz auf die Klingel, als die Tür auch schon von einer blonden, schlanken Frau geöffnet wurde.

„Guten Abend. Sie müssen wohl Frau Auer sein, oder? Wir sind von der örtlichen Kriminalpolizei. Mein Name ist Barbara Wensch und das ist der Herr Stein. Wir würden uns gerne mit ihrer Tochter Jennifer unterhalten." Man sah Frau Auer die Überraschung deutlich ins Gesicht geschrieben. Sie nickte und sagte: „Oh hallo. Was ist denn mit Jenny? Hat sie irgendetwas gemacht?" „Nein, nein. Es geht um ihre Freundinnen Anastasia, Alexandra und Selina. Ist Jenny denn zu Hause?" „Ja ist sie. Kommen Sie doch bitte herein. Ich hole Jenny schnell." Damit verließ Frau Auer die Tür und gab den Weg ins Innere frei. Das Haus war sehr gemütlich und doch stilbewusst eingerichtet. Von einem kleinen Gang zweigten eine Küche und eine Treppe nach oben ab. Geradeaus lag ein kleines Wohnzimmer mit einem bequemen Sofa, einem Bücherregal und einem Fernseher. Das gesamte Untergeschoss war in verschiedenen, fröhlichen Gelbtönen gehalten, die eine angenehme Atmosphäre bewirkten. „Ich sagte ja: Völlig unterschiedliche Mädchen", kommentierte Barbara das Haus der Auers. „Hallo, was wollen Sie denn?", fragte eine Stimme hinter den Kommissaren. Sie drehten sich um und erblickten ein junges, rothaariges Mädchen in einem schwarzen Jumpsuit. „Du musst Jenny sein", stellte Christian bei ihrem Anblick fest. „Ja, die bin ich. Meine Mom sagte, Sie hätten Fragen zu Ann, Alex und Sell?" „Ja das stimmt. Wir müssen dir, so leid es uns tut, sagen, dass sie tot sind", sagte die Ermittlerin, ohne lang um den heißen Brei herum zu reden. „Oh fuck! Ich wusste doch, dass etwas nicht stimmt", entfuhr es Jenny. „Willst du dich vielleicht setzten?", fragte Christian mitfühlend. „Glauben Sie, davon werden sie wieder lebendig? Sagen Sie mir lieber, wer sie umgebracht hat. Davon hätte ich um einiges mehr." Der junge Kommissar war zu verblüfft, um zu antworten. Deshalb ergriff Barbara das Wort: „Deswegen sind wir ja hier. Wir wollten dich fragen, ob du irgendeine Ahnung hast, wer hinter den Morden stecken könnte?" Jenny runzelte nachdenklich die Stirn, schüttelte dann aber betrübt den Kopf: „Sorry, ne. Ich wüsste zwar für jede einen passenden Mörder, aber jemanden, der sie alle umbringt, kenn ich nicht." „Wie meinst du das: Du wüsstest einen passenden Mörder für jede?", hakte Christian nach. „Ja, mir würde eben bei allen dreien eine Person einfallen, die gute Mordmotive hätte. Nina zum Beispiel hätte tausend Gründe dafür, Sell umzubringen. Die ist doch so dermaßen eifersüchtig auf Sell gewesen. Wegen Jay. Aber sie hätte keine der beiden anderen getötet. Mit Alex war sie früher nämlich mal ziemlich gut befreundet", erklärte Jenny den Kriminalpolizisten. „Nina. Das ist diese eifersüchtige Blondine, mit der wir Jay in der Schule gesehen haben", dachte Barbara laut, bevor sie fragte: „Wusstest du, dass Alexandra ein Tagebuch geführt hat? Sie erwähnt darin einen Mann, der sie allem Anschein nach sexuell belästigt hat. Weißt du zufällig, wen sie meint?" „Naja, wen schon. Entweder unseren Geographielehrer oder...", Jenny strich sich grübelnd eine Haarsträhne aus dem Gesicht. „Oder wen? Alexandras Vater vielleicht?", bohrte

Barbara nach. Überrascht schüttelte Jenny den Kopf: „Nein, sicherlich nicht. Na gut, Herr Zimmerer ist schon echt streng, wenn es um Leistung und Disziplin geht, aber ich könnte mir nicht vorstellen, dass er Alex einmal zu nahe gekommen ist. Außerdem hätte Alex uns das doch erzählt." „So leid es uns tut, aber wir haben einige Indizien, die darauf hindeuten, dass bei den Zimmerers ein schwerer Fall von häuslicher Gewalt vorliegt." Christian trat jetzt dichter an Jenny heran, bevor er mit drängender Stimme fortfuhr: „Jenny, wenn du irgendetwas weißt, dann sag es uns bitte jetzt! Es ist äußerst wichtig für unsere Ermittlungen. Ich frage dich jetzt noch einmal direkt: Könnte es sein, dass Gert Zimmerer Alexandra, Anastasia und Selina umgebracht hat?" Entrüstet antwortete sie: „Nein, bestimmt nicht. Wie gesagt, er hat eben hohe Erwartungen an seine Kinder, aber er ist doch kein Mörder." Ein kurzer Moment des Schweigens erfüllte den Raum, wurde aber durch das Surren eines Handys genauso schnell wieder vertrieben, wie er gekommen war. Christian fummelte an der Innentasche seines Jacketts herum und fischte sein Handy hervor: „Sorry, ist meins. Hallo hier Stein- Wo? -Sind Sie sich sicher?- Ja wir kommen sofort." Der Kommissar schob sein Handy zurück ins Jackett und blickte Barbara schockiert an. Mit angespannter Stimme verkündete er: „Frau Wensch, wir müssen sofort los. Das waren die Kollegen von der Streife. Sie meldeten eine Schießerei in der Tannhöferstraße 14. Sie brauchen Verstärkung!" „Da wohnt Alex", stellte Jenny entsetzt fest. Barbara wandte sich jetzt persönlich an sie: „Ja, genau. Aber eines muss ich dir noch unbedingt sagen: Ich hoffe du weißt, dass du ein potenzielles nächstes Opfer für den Killer bist. Bitte pass auf dich auf. Hier nimm Christians Karte, falls dir noch irgendetwas einfällt." Damit verabschiedeten sich die Kommissare und stürmten in Richtung Auto davon.

Das grelle Blaulicht der beiden Streifenwagen zerriss den grauen Vorhang der Dämmerung, der sich langsam über die

Stadt legte. Vier uniformierte Polizisten mit kugelsicheren Westen warteten auf die Befehle eines Vorgesetzten per Funkgerät. Die Hände zitternd am Pistolenhalfter schickten sie ihre Stoßgebete, es möge sich nur um einen Fehlalarm handeln, zum Himmel. „Wir schicken Verstärkung aus der Umgebung", hatte die knackende Stimme aus dem Funkgerät versprochen. Doch wo blieb diese Verstärkung? Unter den jungen Polizisten war nur eine Frau, die ihre hellbraunen Haare so kurz trug, dass sie von hinten leicht als Mann hätte durchgehen können. Keiner von ihnen hatte bis jetzt auf einen Menschen schießen müssen, und alle hofften, es auch heute nicht tun zu müssen. Die Minuten der Wartezeit verstrichen wie Stunden. Endlich, nach einer gefühlten Ewigkeit rollte ein gelber VW Polo in die Auffahrt der Tannhöferstraße 14. „Das soll die Verstärkung sein?", meinte die junge Polizistin zu einem ihrer Kollegen, als sie die ältere Dame im roten Trenchcoat aus dem Wagen steigen sah. Sie und ein jüngerer, gutaussehender Mann im Anzug kamen auf

die wartenden Polizisten zu. „Was steht ihr denn hier so rum? Ihr solltet doch nachsehen, was da drin los ist!", blaffte die ältere Dame ohne Umschweife. „Wir hatten Anweisung, auf Verstärkung zu warten!", entgegnete die Polizistin. „Wir sind doch jetzt da. Also, los!", befahl die angebliche Verstärkung. Ein blonder Polizist mit gut ausgeprägter Oberarmmuskulatur musterte die beiden Neuankömmlinge interessiert. Dann fiel ihm plötzlich wieder ein, woher er die resolute Dame im Trenchcoat kannte: „Warten Sie mal. Sie sind doch diese berühmte Hauptkommissarin. Wensch. Barbara Wensch. Die Story damals, das war ja der Hammer. Sie waren das doch, die diesen mordlustigen Drogenbaron mit ihrer Handtasche niedergeschlagen hat, weil Sie Waffen nicht mögen. Ich weiß, das ist jetzt schon ein paar Jahre her, aber das war damals das Topthema auf der Polizeischule."
„Ach, diese alten Geschichten. Aber ja, mein Name ist Barbara Wensch. Dieser reizende Herr hier neben mir ist übrigens Christian Stein. Mein IT-fachkundiger Nachfolger.

Aber genug der Höflichkeiten. Voran, voran. Die Schüsse sind schon fast eine halbe Stunde her und ihr steht hier immer noch herum wie angewurzelt. Ihr zwei", sie zeigte auf den Blonden und die kurzhaarige Frau, „kommt von hinten, während ihr Beiden", sie wies auf die beiden anderen, „mit Christian und mir, wie ganz normale Menschen durch die Haustür hineingeht." Damit schritt Barbara an den verblüfften Polizisten vorbei in Richtung Villa. Christian Stein, der als Erster wieder in Bewegung kam, eilte seiner Kollegin hinterher. „Tragen Sie überhaupt eine Waffe?" „Wozu das denn? Du hast doch gehört, was dieser Blonde vorher gesagt hat. Ich mag keine Waffen. Ich gehöre nicht zu denen, die zur Polizei gegangen sind, um wie ein Verrückter mit einer Knarre herum zu rennen. Aber was solls. Du hast doch sicherlich eine Pistole unter deinem teuren Jackett", entgegnete Barbara. Christian zögerte kurz, bevor er verlegen antwortete: „Ich hab sie vergessen. Heute Morgen in meinem Safe. Vor lauter Eile." „Umso besser. Waffen werden chronisch überbewertet." Die Ermittlerin ging auf die große Haustür zu und drückte leicht dagegen. Die Tür schwang auf und gab bereitwillig den Weg in das Prachthaus frei. Die beiden Streifenpolizisten hatten reflexartig ihre Pistolen gezogen. Barbara warf ihnen einen verachtenden Blick zu, während sie den Weg ins Wohnzimmer einschlug. Der Anblick war schockierend. „Los, Waffe fallen lassen und Hände hinter den Kopf!", schrien die zwei Polizisten fast gleichzeitig. Heike Zimmerer saß mit übereinandergeschlagenen Beinen, einem Revolver in der einen und einem Glas Cognac in der anderen Hand auf einem der schwarzen Sofas. Zu ihren Füßen lag ihr toter Gatte Gert Zimmerer, dessen hellblaues Hemd von dunkelrotem Blut durchtränkt war. Die Szenerie hätte problemlos aus einem Columbo stammen können. Heike Zimmerer legte widerspruchslos den Revolver auf den Glastisch und leerte den Rest ihres Cognacs mit einem Zug. Dann nahm sie gemächlich die Hände nach oben. „Guten Abend, Frau Wensch. Darf ich Ihnen etwas anbieten?" Wie versteinert starrten die Polizisten auf die angesprochene Kommissarin. „Was haben Sie getan, Frau Zimmerer? Ein Anruf hätte doch genügt", bemerkte Barbara betrübt. Sie wandte sich an Christian: „Lass mich doch bitte kurz mit ihr allein. Ruf schon mal die Kollegen und Hermann. Ich brauch nur einen Moment." Christian war von Barbaras Wunsch zwar nicht gerade erfreut, bedeutete den Kollegen aber dann, das Haus zu verlassen.

Langsam ging Barbara Wensch auf Heike Zimmerer zu und nahm neben ihr Platz. Behutsam nahm sie deren zitternde Hände in ihre. „Hat er Sie wieder geschlagen?" Frau Zimmerer warf ihrem Mann einen angewiderten, hasserfüllten Blick zu. „Er hat sie umgebracht. Er hat meine kleine Alexandra getötet. Ermordet. Als ich ihn darauf ansprach, hat er mich ausgelacht." „Woher wussten Sie, dass er sie getötet hat?", hakte Barbara nach. Heike Zimmerer musste schmerzverzerrt lächeln: „Das wissen Sie doch bestimmt. Das Tagebuch.

Alexandra schrieb: Jetzt hat er doch echt versucht, mich anzugrabschen. Sonst rennt er zu meiner Mutter, hat er gesagt! Dass ich nicht lache. Aber soweit kommts noch, dass ich mir von so einem Widerling sagen lassen muss, was ich zu tun habe. Nie mehr habe ich mir damals geschworen, nie mehr! Aber er kann es einfach nicht lassen", zitierte sie den Tagebucheintrag ihrer Tochter, „Sehen Sie. Er hat mein kleines Engelchen belästigt. Ich wette alles, dass es ihm nicht gepasst hat, dass sie sich seinem Willen widersetzt hat." Barbara nickte stirnrunzelnd. „Aber warum schrieb Alexandra, ihr eigener Vater habe ihr nichts zu sagen?" „Ach, er war doch nicht ihr leiblicher Vater! Ich lernte Gert kennen, als ich gerade mit Alexandra schwanger war. Damals war er noch so liebenswürdig und zuvorkommend. Alexandra erfuhr erst vor ein paar Monaten davon", erklärte Heike Zimmerer den Tränen nahe. „Hätte es keinen anderen Weg gegeben? Sie hätten sich bei mir melden und uns Ihren Verdacht sagen müssen!", entgegnete die Hauptkommissarin. „Nein, ich sah keine andere Lösung. Aus dem Gefängnis wäre er doch nach spätestens fünf Jahren wieder entlassen worden. Aber er war ein Monster. Sie können sich beim besten Willen nicht vorstellen, wie es war mit ihm zusammenzuleben." „Warum sind Sie nicht gegangen?", fragte die Kommissarin, obwohl sie die Antwort bereits kannte. „Den Kindern ihren Vater nehmen? Niemals. Ich habe es nicht übers Herz gebracht. Die paar Jahre schaffe ich noch, dachte ich mir", erläuterte Frau Zimmerer ihr Verhalten betrübt. Barbara stand auf und sagte traurig aber bestimmt: „Es tut mir äußerst leid, aber ich muss Ihnen sagen, dass ich mir nicht vorstellen kann, dass Ihr Mann Alexandra getötet hat. Bei dem Mord Ihrer Tochter handelt es sich allem Anschein nach um die Tat eines Serienkillers. Nichts desto trotz kann ich Ihr Handeln gut nachvollziehen. Nur eines kann ich nicht begreifen: Sie haben mit dem Mord an Ihrem Gatten Ihrem Sohn nicht nur den Vater, sondern auch die Mutter genommen." Heike Zimmerer wich das letzte bisschen Farbe aus dem Gesicht. „Aber,

aber, dass wollte ich doch nicht! Es war doch Notwehr! Er hat sie umgebracht, dass weiß ich", beteuerte sie. „Dies wird ein Gericht entscheiden müssen. Frau Zimmerer. ich nehme Sie wegen Mordes an Ihrem Ehemann Gert Zimmerer vorläufig fest. Bitte folgen Sie mir", befahl Barbara, obwohl sie nicht im geringsten an eine Verurteilung glaubte. Die Kommissarin schob die zitternde Heike Zimmerer in Richtung Tür, als diese plötzlich geöffnet wurde. „Oh, hallo Hermann. Die Leiche liegt im Wohnzimmer. Aber ich tippe mal auf Tod durch drei Schüsse in den Brustkorb", begrüßte Barbara den Gerichtsmediziner. „Traurige Angelegenheit, meine Liebe. Das ist also die arme Frau?", meinte Herrmann mit einem Kopfnicken. „Ja das ist sie. Ich bringe sie jetzt zu den Kollegen. Wir sehen uns dann gleich", antwortete Barbara und verließ mit der überführten Mörderin die Villa.

„Was zum Teufel haben Sie so lange mit ihr besprochen?", zischte Christian Stein seiner Kollegin zu, während sie sich wieder auf den

Weg ins Innere des Hauses machten. Barbara überlegte kurz, bevor sie das Gespräch zusammenfasste: „Heike Zimmerer hat ihren Mann Gert erschossen, weil sie fälschlicherweise glaubte, er hätte Alexandra getötet." „Fälschlicherweise? Woher wollen Sie denn bitte wissen, dass er es nicht getan hat? Mir kam dieser Gedanke übrigens auch schon!", legte Christian empört dar. „Tja. Alexandra ja, aber warum sollte er bitteschön die anderen beiden Mädchen töten und sie ausgerechnet wie Märchenprinzessinnen drapieren? Das klingt doch äußerst konstruiert. Selbst wenn Gert Zimmerer ein Motiv gehabt hätte, kann ich mir beim besten Willen nicht vorstellen, dass er die nötige Intelligenz besaß, um einen Mord wie die Tat eines Psychopathen aussehen zu lassen. Nichts desto trotz war er kein guter Mensch und hat sich sehr verdächtig verhalten. Schuld war er an diesen Verbrechen aber nicht", bekräftigte Barbara ihre Annahme. Die beiden Mordkommissare betraten gemeinsam mit drei Kollegen von der Spurensicherung das

Wohnzimmer, in dem jetzt sämtliche Gegenstände in Tütchen verpackt oder abfotografiert wurden. Dr. Hermann Sommer war beim Anblick der Kommissare aufgesprungen: „Ach, gut, dass du da bist! Deine Vermutung war vollkommen richtig. Drei Schüsse in Brusthöhe. Nur einer davon war tödlich." „Naja, einer reicht ja für gewöhnlich", bemerkte Barbara sarkastisch. Hermann musste innerlich schmunzeln, da er sie genau für solche Äußerungen liebte. Trotzdem fuhr er aufgeregt fort: „Wisst ihr, was mich äußerst irritiert? Ich habe die Obduktionsberichte von Alexandra und Anastasia nochmals gelesen, bevor ich mit der Autopsie von Selina begann. Dabei fiel mir ein wesentlicher Unterschied auf. Zuerst dachte ich, es sei nur ein Zufall. Aber als ich gerade von der Gerichtsmedizin hierher gefahren bin, wurde es für mich immer klarer..." „Hermann, komm zum Punkt! Du machst mich wahnsinnig!", unterbrach die Kommissarin die Erzählung harsch. „Jaja. Also, mir fiel auf, dass Anastasia eine extrem hohe Konzentration an Ethanol im Blut hatte", verkündete der Pathologe begeistert. Christian hakte skeptisch nach: „Und jetzt? Sie war auf einer Party, da ist es in dem Alter doch normal, dass man eine Menge Alkohol im Blut hat." „Nein, nein. Eine Menge Alkohol ja, aber nicht so viel. Sie muss beinahe bewusstlos gewesen sein. Es kommt mir fast so vor, als hätte der Mörder nicht gewollt, dass sie all zu viel von ihrem Tod mitbekommt. Im Eifer des Gefechts habe ich dann natürlich sofort Selinas Blut getestet. Aber Fehlanzeige! Sie war fast nüchtern. Wenn ihr mich fragt, kannte unser Killer Anastasia von unseren drei Opfern mit Abstand am besten. Ich würde euch also nahelegen, in ihrem Umfeld nach dem Täter zu suchen", erklärte Hermann seinen Fund. Barbara ließ das Gesagte erstmal auf sich wirken, bevor sie die Vermutung weiterspann: „Wenn du wirklich Recht haben solltest, was du zugegebenermaßen meistens hast, dann heißt das, entweder irgendjemand von der Schule oder aus dem Kinderheim steckt hinter den Morden. Aber du sagtest doch, du gehst von einem Mann aus, oder?" „Ich sagte lediglich, dass die Wahrscheinlichkeit für einen männlichen Täter deutlich höher ist. Da euer Hauptverdächtiger allerdings gerade von seiner Gattin erschossen wurde, wäre es durchaus naheliegend, sich noch einmal genauestens im Kinderheim umzuhören", entgegnete der Gerichtsmediziner. „Christian, es ist jetzt schon nach 21 Uhr. Ich muss dir trotzdem sagen, dass wir nochmal ins Büro zurück müssen. Wir müssen, oder besser gesagt, du musst alles über die Angestellten und Besucher des Sankt Anna Kinderheims herausfinden. Ich werde dich zur PI fahren und anschließend schnell Sonja ihr Auto zurückbringen und meines wieder aus der Werkstatt holen.", teilte Barbara ihrem Kollegen ihr weiteres Vorgehen mit. Christian war zwar wenig von der Vorstellung begeistert, noch eine Nacht im Büro zu verbringen, fand sie aber immer noch besser als die, morgen früh die Leiche von Jennifer Auer zu finden. „Ich könnte dich von deiner Schwester zur Werkstatt fahren.", schlug Hermann vorsichtig vor.

Verwundert blickte die Kommissarin ihn an, stimmte dann aber zu: „Wenn du sonst nichts zu tun hast, meinetwegen."

7

„Und, hatten Sie Spaß?", konnte Christian Stein sich nicht verkneifen, als seine Kollegin Barbara Wensch schwungvoll die Tür aufgestoßen und sich schwerfällig in ihren knautschigen Bürostuhl fallen gelassen hatte. „Nochmal so eine Bemerkung, und du packst deinen Laptop ein und verschwindest wieder! So jetzt aber mal zum Thema: Wer ist unser neuer Hauptverdächtiger?", schleuderte sie ihm anstelle einer Antwort entgegen. Christian wandte sich zurück zu seinem Bildschirm und drückte auf einigen Tasten herum, bevor er seine bisherigen Ergebnisse zusammenfasste: „Also, mein aktueller Favorit ist Halgart Kunert. So blöd wie es klingt. Aber sie stand Anastasia ziemlich nahe und zudem kannte sie sich mit Kampfsport und Chemie aus. Chemie hatte sie als Leistungskurs, übrigens am Karl-Marx-Gymnasium. In ihrer Jugend besuchte sie einige Jahre einen Judokurs. Sie kam sogar bis zum blauen Gürtel. Das ist ziemlich gut."
„Warum hast du sie dann noch nicht

festgenommen?", entgegnete Barbara. „Weil wir keine Beweise haben." Beide Kommissare starrten stumm auf den Berg Fallakten auf dem Schreibtisch. Plötzlich zerstörte das bekannte Surren von Christians Handy die nachdenkliche Atmosphäre. Er fummelte das blinkende Telefon aus seinem Jackett und wischte genervt darüber. „Unbekannte Nummer. Aber egal! Hallo hier…" Er hatte das Handy auf Lautsprecher gestellt, damit Barbara mithören konnte. Die Stimme am anderen Ende der Leitung klang verzweifelt: „Bitte, Sie müssen mir helfen. Ich habe nicht viel Zeit. Bitte. Helfen Sie mir!" Die Stimme kam den Kriminalpolizisten nur zu bekannt vor. Sie gehörte Jennifer Auer. Christian hatte geschockt seine Augen aufgerissen und stammelte vor sich hin: „Wo bist du? Bleib unbedingt in der Leitung. Ich äh wir…" Barbara konnte die Unterhaltung nicht länger mitanhören. Das Risiko, Jenny an den Mörder zu verlieren war einfach zu hoch. Deshalb beugte sie sich nun dicht über den Lautsprecher des Smartphones: „Hallo Jenny. Bleib ganz ruhig. Sag uns, wo du bist.

Wir helfen dir. Verhalte dich einfach leise!" Jennys schluchzende Stimme antwortete flüsternd: „Ich weiß nicht, wo ich bin. Finden Sie mich. Bitte." „Jenny, kannst du irgendetwas sehen, hören oder vielleicht riechen. Beschreibe uns deine Umgebung!", befahl die Kommissarin. Christian, der sich mittlerweile wieder gefangen hatte, tippte jetzt wie verrückt auf der Tastatur seines Laptops herum. „Es, es ist kalt hier. Und es riecht. Es riecht nach. Ich kenne den Geruch. Es riecht nach Abstellkammer. Gemischt mit Apfeltee und Zahnarzt. Sie kommt zurück. Ich muss auflegen!", sagte Jenny nervös. „Nein, nein. Bleib dran!", versuchte es Barbara, doch das Display des Handys zeigte bereits blinkend „Anruf beendet". „Shit. Dieses dumme Ortungssystem müsste echt dringend mal überholt werden. Das braucht ja hundert Jahre, bis das irgendein Signal hat", meckerte Christian genervt. Obwohl sein Versuch, das Handysignal von Jenny zu orten fehlgeschlagen war, sprang Barbara angespannt auf und riss ihren Mantel vom Haken. „Wo wollen Sie hin? Ich konnte den

Anruf nicht zurückverfolgen", fragte der junge Kommissar verwirrt. Barbara warf ihm seine Lederjacke zu und antwortete, während sie schon die Tür öffnete: „Tja und wieder einmal versagt die Technik, auf die ihr alle so vertraut. Ich verlasse mich auf meinen Verstand und meine Sinne. Das solltest du auch endlich tun. Wie viele Orte kennst du denn, an denen es nach Abstellkammer, Apfeltee und Zahnarzt riecht?!" Wie von der Tarantel gestochen, sprang Christian auf und antwortete im Laufschritt: „Verdammt. Natürlich. Dass ich da nicht sofort drauf gekommen bin. Das Kinderheim."

Die Kommissare eilten die kahlen Gänge entlang in Richtung Tiefgarage. So hatte Christian sich als Kind immer Polizeiarbeit vorgestellt. Zwei sich perfekt ergänzende Partner, die wie in den amerikanischen Serien auf Verbrecherjagd gehen. Sich immer aufeinander verlassen können, wie Sherlock Holmes und Doktor Watson. Leider wurde ihm auf der Polizeischule deutlich klargemacht, dass es im wahren Leben anders aussieht. Genau aus diesem Grund verspürte er in diesem Augenblick, trotz der brenzligen Lage, eine Art Flamme der Begeisterung in seinem Herzen auflodern. Barbara Wensch, die jetzt vielleicht nicht die absolute Traumpartnerin für einen 29-jährigen Single war, ließ ihren Motor doppelt so laut aufheulen wie sonst. Im Rückwärtsgang preschte sie aus dem Einfahrtstor der Polizeiinspektion. Die Kupplung kreischte, während die Kommissarin wild zwischen den Gängen hin- und herwechselte. Christian wurde bei jeder Kurve in seinen Sitz gepresst und klammerte sich panisch an seinen Sicherheitsgurt. „Wie gehen wir vor, wenn wir da sind?", stieß er nach einer scharfen Rechtskurve hervor, bei der er sich seinen Kopf am Fenster gestoßen hatte. Ohne zu überlegen und wie selbstverständlich antwortete Barbara: „Wir gehen da rein, retten Jennifer Auer und nehmen Frau Kunert fest." „Und wenn sie bewaffnet ist?", fragte Christian bedenklich nach. Seine Kollegin schüttelte fassungslos den Kopf. „Sie hat ihre Opfer erdrosselt! Warum in Gottes Namen, sollte sie denn eine Waffe haben?!" „Und wenn doch?

Wenn sie ihre Taktik geändert hat? Wir sind beide unbewaffnet und…", Christians Stimme brach abrupt ab, da der rote Skoda vor dem heruntergekommenen Kinderheim zum Stehen gekommen war. Barbara war schon fast bei der Glastür angelangt, als der Kommissar tief die Winterluft einsog, bevor er mit zitternden Händen die Autotür zuschlug und seiner Kollegin folgte. Der Anblick war derselbe wie beim letzten Mal. Nur, dass es diesmal dunkel und die Rezeption unbesetzt war. Leise schlichen die Beiden in Richtung des Flures. Im Mondschein, der durch die alten Fenster ins Innere drang, wirbelten Abermillionen Staubpartikel umher. Das Ticken einer Wanduhr störte die bedrückende Stille dermaßen, dass Christian bei jedem Klicken des Zeigers fast das Herz stehen blieb. Fragend blickte er Barbara an, die ihrem zielstrebigen Gehen nach zu urteilen, genau wusste, wo sie hin mussten. Der junge Kommissar wurde von dem Schatten eines vorbeifahrenden Autos beinahe zu Tode erschreckt, während Barbara vorsichtig die Klinke der Bürotür von Halgart Kunert herunterdrückte. Die Tür öffnete sich dramatisch langsam, bevor sie den Ermittlern den Einblick ins Innere gewährte. „Was ich jetzt alles für meine Dienstwaffe geben würde!", dachte Christian still bei sich, dann flüsterte er nahezu erleichtert ins Dunkle: „Keiner da." „Sag bloß! Wo zum Teufel sind die denn?", entgegnete die Kommissarin unüberhörbar gereizt. „Ich weiß, dass klingt jetzt total nach Tatort, aber ich würde eine gekidnappte Person im Keller unterbringen", brachte Christian vorsichtig vor, um die Nerven seiner Kollegin nicht weiter zu strapazieren. Diese dachte kurz über die Idee nach und meinte dann: „Das hört sich allerdings sehr nach Fernsehserie an. Im Allgemeinen ist die Überlegung aber gar nicht mal so verkehrt. Vor allem, weil Jenny sagte, ihr sei kalt." Während Barbara das Büro schon wieder verlassen und sich auf den Weg zum Keller gemacht hatte, tippte Christian kurz auf dem Display seines Handys herum. „Kommst du jetzt vielleicht?!", zischte ihm die Hauptkommissarin zu, als sie ihn dabei ertappte. Schnell ließ er sein Smartphone zurück in seine Tasche gleiten. Die Beiden schlichen durch zahlreiche dunkle Gänge und die Luft war zum Zerreißen gespannt. Keiner von ihnen wagte es, eine Taschenlampe, geschweige denn, das Licht anzuschalten. Das Einzige, das die fürchterliche Stille störte, war das Atmen der Kommissare.

Nach einer gefühlten Ewigkeit kamen sie endlich an einer Tür, unter der ein schwacher Lichtschein hervorlugte, an. Mit eindeutiger Gestik gab Barbara Christian zu verstehen, dass sie keine andere Wahl hatten, als sie zu öffnen. Ganz behutsam drückte Barbara gegen die Holztür, an der die Farbe schon abblätterte. Sie schwang ohne Widerstand auf und ein kalter Luftzug schlug den Ermittlern entgegen. Einige kahle Steinstufen führten ins mattbeleuchtete Kellergewölbe. Dumpfe Stimmen drangen aus der Tiefe nach oben. Bedachtsam setzte Barbara einen Fuß auf die Treppe. Jetzt konnte sie die Stimmen deutlicher verstehen: „Sagte ich doch bereits! Ich brauche deine Leiche. Und jetzt mach. Sonst muss ich es tun!", drohte eine von ihnen, die unmissverständlich einer Frau gehörte. Die andere, die wohl von Jennifer Auer stammte, erwiderte flehend: „Aber ich kann das nicht. Warum tun Sie mir das an? Ich kenne Sie doch gar nicht!" „Das tut nichts zur Sache. Ich habe jetzt definitiv keine Lust mehr, mich mit dir zu unterhalten. Hör auf zu heulen! Du zerstörst dein schönes Gesicht!", mahnte die Frauenstimme. Sie wurde jetzt lauter: „Denkst du etwa, ich tue das gerne? Mädchen töten? Sicherlich nicht. Wenn du nur wüsstest, wie wichtig es für mich ist." „Erklären Sie es mir doch", bat Jenny vorsichtig. „Sie versucht, Zeit zu schinden", schoss es Barbara durch den Kopf. Sie wollte schon die restlichen Stufen herunterlaufen, als die Frau plötzlich wieder zu sprechen begann: „Na gut. Wenn es dir dann leichter fällt. Ich wollte mein Kunstwerk schon lange jemandem zeigen." Das Hallen ihrer sich entfernenden Schritte klang gedämpft im Treppenaufgang wider. Eine geschlagene halbe Minute hielt das gesamte Kinderheim die Luft an. Dann kam die Frau zurück und begann zu erzählen: „Schau, meine Liebe. Das ist mein Lebenswerk. Seit über dreißig Jahren arbeite ich nun schon darauf hin."

„Oh mein Gott. Sind das Anastasia, Alexandra und Selina?", stellte Jenny entsetzt fest. „Nein, natürlich nicht! Das sind Schneewittchen, Rotkäppchen und Dornröschen. Siehst du diese bezaubernde Unschuld, die von diesen Gesichtern ausgeht? Und wie zufrieden sie sind. Denkst du nicht auch, dass sie dort, wo sie jetzt sind, glücklicher sind als hier? Du musst mir wirklich glauben, dass ich es tun musste. An meinem neunten Geburtstag erhielt ich von meiner leiblichen Mutter durch ein anonymes Paket ein wundervolles Geschenk. Ein zauberhaft illustriertes Märchenbuch. Die Bilder waren handgezeichnet. Sie wirkten so unendlich real, dass ich durch sie aus den grauen, gefängnisgleichen Mauern des Kinderheims entfliehen konnte, indem ich damals wohnte. Doch mein Traum währte nur von kurzer Dauer." Die Stimme wurde jetzt deutlich aggressiver, als zuvor: „Diese böse, hinterhältige, gemeine und äußerst widerwärtige Betreuerin hat es mir gnadenlos weggenommen. Mich meines einzigen Hoffnungsschimmers beraubt! Mit der Begründung, Geschenke von und Kontakt zu leiblichen Eltern sei strengstens untersagt! Lächerlich! Aber was hätte ich tun sollen? Ich war ein kleines zierliches Mädchen und hatte keine Mittel, mich zu wehren. Von diesem Tag an bin ich auf der Suche nach dem Traum meiner Kindheit. Doch weißt du was? Es ist unauffindbar. Niemand scheint jemals davon gehört zu haben. Ich habe alles versucht, um an dieses Buch heranzukommen. Vergebens! Bis ich eines Tages die glorreiche Idee hatte, es selbst zu erschaffen. Jedes einzelne der Bilder von den Märchenprinzessinnen hatte sich in mein Gedächtnis eingebrannt. Und dann traf ich auf Anastasia. Meine Güte, es war, als wäre Schneewittchen aufgestanden und würde auf mich zulaufen. Dieses unglaubliche Gefühl. Aber ich konnte sie nicht zeichnen. Einmal setzte ich mich nachts neben ihr Bett, nur um sie anzusehen. Sie war so bezaubernd. Und in dem Moment, in dem ich dich und die anderen Beiden sah, war es mir klar. Gott hat mir euch geschickt.

Ihr seid die Engel meiner Befreiung. Aber Engel kann man nicht auf dieser schrecklichen Welt alleine lassen. Diese Welt ist nichts für Prinzessinnen aus dem Zauberwald. Ich will euch doch nur helfen..."
„Stopp, es reicht! Hören Sie sofort auf Frau..." Barbara Wensch war aus dem Schatten der Treppe getreten. Sie hatte den Wahnsinn von Frau Kunert nicht länger ertragen können. Doch die Frau, die mit theatralischem Gesichtsausdruck vor der weinenden Jennifer Auer stand, war nicht Halgart Kunert. „Sie? Frau Semmler?", entfuhr es Barbara, der die Überraschung ins Gesicht geschrieben stand. Maria Semmler war nicht weniger überrascht, bekam sich aber deutlich früher wieder in den Griff: „Ja genau, Frau Wensch. Damit hätten Sie wohl nicht gerechnet. Wissen Sie, dass ist das Tolle, wenn man immer die dumme Kinderpflegerin ist. Niemand behält einen lange in Erinnerung." Die Mörderin stieß einen irren Lacher hervor. Die Kommissarin hatte jetzt sichtlich genug von dem Gerede: „Jetzt ist Schluss mit dem Quatsch! Legen Sie

das Buch auf den Boden, treten Sie ein paar Schritte zurück und nehmen Sie Ihre Hände nach oben. Und zwar plötzlich!" Das breite Schmunzeln, das sich auf Maria Semmlers Gesicht breit machte, war kein gutes Zeichen. Barbara ahnte Böses. „Falsch gedacht. Sie treten jetzt ein paar Schritte zurück und nehmen die Hände nach oben!", die kaltblütige Killerin hatte ein breitschneidiges Messer gezogen und fuchtelte der Kommissarin damit vor dem Gesicht herum. „Ich trage eine Pistole, Frau Semmler. Das wissen Sie doch. Wollen Sie es wirklich darauf ankommen lassen?", versuchte Barbara zu tricksen. Maria Semmler dachte kurz über die Worte nach, bevor ihre Augen fröhlich aufleuchteten: „Lügnerin! Sie haben garantiert keine Waffe dabei. Weil Sie, um Sie selbst zu zitieren, Waffen nicht mögen. Die Geschichte war damals so spektakulär. Ich habe Sie bei unserer ersten Begegnung gleich wiedererkannt. Und da Sie heute keine Handtasche dabei haben, muss ich mir ja keine Sorgen machen. So und jetzt zu dir,

Aschenputtel. Los, schluck die Kapsel!", befahl sie der am Boden kauernden Jenny. „Das ist jetzt nicht Ihr Ernst, oder? Sie glauben doch nicht wirklich, dass Sie mit dieser Sache durchkommen!", versuchte Barbara die Psychopathin von Jenny abzulenken. Diese wandte sich wieder der Kommissarin zu: „Ich befürchte doch, meine Liebe. Aber mach dir keine Gedanken. Ich habe auch noch eine leckere Zyankalikapsel für dich." Plötzlich kam Christian die Treppe heruntergerannt. Wild entschlossen stürzte er sich auf die völlig verblüffte Maria Semmler, die vor lauter Überraschung das Messer fallen ließ. Doch bevor Christian sich auch nur bückte, um es aufzuheben, überwältigte die jetzt wütende Kidnapperin den schlanken Kommissar. Mit einer Hand verdrehte sie ihm den Arm auf dem Rücken, mit der anderen griff sie sich das Messer und hielt es ihm an die Kehle, ehe dieser überhaupt begriff wie ihm geschah. „Wie viele seid ihr denn noch? Aber keine Sorge, Zyankali habe ich genug", blaffte Frau Semmler erzürnt. „Großartige Leistung,

Christian. Im Crashkurs „Wie töte ich gleich drei Menschen" musst du wohl Klassenbester gewesen sein!", warf ihm Barbara nicht ganz so hart wie sonst an den Kopf. Das Herz des missglückten Lebensretters schlug ihm bis an den Hals, an dem immer noch die kalte Klinge des Messers ruhte. „Auf was wartet ihr noch? Ihr hättet euch ja nicht einmischen brauchen. Los!", befahl die Entführerin mit hysterischer Stimme. „Es tut mir so unendlich leid! Ich wollte nicht, dass es so endet!", beteuerte Christian mit belegter Stimme. Maria Semmler gab ihm einen Tritt ins Kreuz, um ihn zum Schweigen zu bringen. „Maul halten!", fuhr sie ihn an. Mit einer Hand fischte die Psychopathin ein kleines gelbes Döschen aus ihrer Hosentasche. Ploppend sprang der weiße Deckel herunter und fiel klappernd auf den Steinboden. „Jeder nur eins", kommandierte die Mörderin höhnisch, während sie die kleinen weißen Pillen verteilte. Da die beiden Kommissare keinerlei Anstalten machten, die Zyankalikapseln auch nur in die Nähe ihres

Mundes zu bewegen, beschloss Maria Semmler, dass sie nachhelfen musste. Ruckartig ließ sie von Christians Hals ab und stand mit einem Satz hinter Jennifer. „Ihr wollt doch wohl nicht schuld am Tod eines armen unschuldigen Mädchens sein, oder?", fragte sie auffordernd. „Sie denken doch auch nicht nur ansatzweise, dass wir glauben, dass Sie Jenny verschonen, wenn wir uns jetzt hier umbringen?!", entgegnete Barbara wenig begeistert. „Aber Schätzchen. Du weißt doch, dass ich nur so nett bin und euch die Wahl lasse, ob ihr angenehm oder unangenehm sterben wollt. Ich finde das äußerst großherzig von mir. Ich könnte euch genauso gut..." In diesem Augenblick wurde die Kellertür aufgerissen und der eine kugelsichere Weste tragende Helmut Altenberger kam mit gezückter Dienstwaffe und dicht gefolgt von einigen uniformierten Polizisten die Steinstufen heruntergestürmt. „Lassen Sie das Messer fallen und stellen Sie sich mit erhobenen Händen an die Wand!", schrie er angespannt. Vor lauter Schock wegen der Pistolen, die jetzt fünf Polizisten auf sie richteten, ließ Maria Semmler widerstandslos das Messer fallen, welches scheppernd zu Boden fiel. „Na, Gott sei Dank, Helmut. Das wurde aber auch Zeit! Ich hatte schon Angst, ich müsste jetzt am Ende meiner Karriere den jämmerlichen Gifttod sterben", rief Barbara, die noch nie zuvor so glücklich gewesen war, ihren Chef zu sehen. „Wie immer in letzter Sekunde. Wenn Christian mir allerding keine SMS geschickt hätte", erwiderte Helmut ebenso erfreut, seine beiden Ermittler unversehrt gefunden zu haben, während er der verstummten Maria Semmler Handschellen anlegte. Drei der anderen Polizisten kümmerten sich sofort um die völlig fertige Jennifer. Christian, dem der Schreck noch in den Gliedern steckte, sammelte mit wackeligen Beinen die Zyankalikapseln ein und steckte sie zurück in die Dose. Währenddessen hob Barbara neugierig das Buch auf, das die gestörte Kinderpflegerin zuvor fallen gelassen hatte. Vorsichtig schlug sie die erste Seite auf. Am liebsten hätte sie es sofort wieder zurückgelegt. Angewidert sagte sie:

„Christian, sieh dir das an. Wie pervers kann man denn sein?" Dieser beugte sich interessiert über das Buch. In ihm befanden sich sämtliche Nahaufnahmen der Tatorte samt Leichen und Umgebung. Jedes der Fotos war liebevoll eingeklebt und manche sogar beschriftet worden. Der junge Kommissar konnte seinen Augen nicht trauen. „Das ist wohl ein Fall für die geschlossene Anstalt", kommentierte er die Bilder. „Wie halten Sie das seit über dreißig Jahren aus? Diese Anspannung, dieser Stress? Ich habe seit wir zusammenarbeiten, und das waren jetzt lediglich drei Tage, sicher zwei Kilo abgenommen und fünf Falten dazubekommen", musste Christian seine Kollegin jetzt einfach fragen. Barbara musste unwillkürlich schmunzeln, dann antwortete sie wahrheitsgemäß: „Sieh mich doch an! Auch an meinem Gesicht sind diese Jahre nicht spurlos vorübergegangen. Aber trotzdem stehe ich hier und muss zugeben, dass ich den Nervenkitzel vermissen werde. Ich kann mir nicht vorstellen ab übernächster Woche nur noch auf meinem

Sofa zu sitzen und Fernsehen zu schauen. Aber glaube mir, hätte ich heute nochmal die Wahl, ich würde wieder zur Kripo gehen. Und das würdest du auch. Das sehe ich in deinen Augen. Ach ja, übrigens. Helmut hatte Recht. Du wirst ein würdiger Nachfolger für mich sein. Ein bisschen mehr Erfahrung noch und du schaffst das!" Christian standen die Tränen in den Augen. Solche Sätze von seinem großen Vorbild zu hören, rührte ihn einfach. „Aber Frau Wensch, das können Sie doch nicht sagen." „Barbara. Auch wenn es vielleicht nicht ganz so gut geklappt hat. Menschen, deren Leben man versucht hat zu retten, duzt man für gewöhnlich."

Epilog

Eine Woche später:

„Barbara Wensch war eine unglaubliche Bereicherung für uns alle. Über dreißig Jahre lang hat sie mit allen Mitteln und Wegen versucht, den Verbrechern dieses Landes das Handwerk zu legen. Dies gelang ihr in den meisten Fällen auch. Kein Tag verging, an dem sie mich, ihren Chef, nicht zur Verzweiflung getrieben hätte. Trotzdem hätte ich mir in all den Jahren keine bessere, fast dauerhaft gutgelaunte Teamkollegin vorstellen können. Ganz ehrlich gesagt, weiß ich nicht, wie ich den Wochenenddienst ohne ihre leckeren Cremeschnitten überstehen soll. Nein ehrlich. Barbara, ich muss zugeben, dass ich dich unendlich vermissen werde. Wir alle werden dich vermissen. Deinen roten Skoda, der frühmorgens schon immer in der Tiefgarage stand und auf uns wartete. Deine unglaublich humorvolle, sarkastische Art, die mir so manchen anstrengenden Arbeitstag erleichtert hat. Deine faszinierende

Kombinationsgabe und deine atemberaubende Menschenkenntnis. Und letztendlich natürlich einfach nur dich selbst! Hebt die Gläser, auf Barbara Wensch, ohne die wir hunderte von Übeltätern niemals geschnappt hätten!", beendete Helmut Altenberger seine Lobesrede auf Barbara. Der gesamte Saal brach in tosenden Applaus aus und alle hoben ihre Gläser. „Auf Barbara Wensch!", riefen die gesamte Besatzung der Dienststelle und sämtliche Bekannte der Kommissarin im Chor. Sie selbst bekam von ihrem Chef einen riesigen Blumenstrauß überreicht. „Ach, Helmut. Ich gehe in Rente und bin nicht gestorben!", murmelte Barbara gerührt, während sie von Helmut herzlich umarmt wurde. Alle Anwesenden überbrachten ihre besten Wünsche an die Kommissarin und erzählten sich überall alte Geschichten und Heldentaten aus der Barbara-Wensch-Ära. Sie selbst ließ sich schwerfällig auf ihrem Stuhl zwischen Sonja und Hermann sinken, nachdem sie sich durch die Menschenmenge gekämpft hatte. „Na endlich. Ich hasse diese dienstlichen

Veranstaltungen ja so. Gestern noch hätte mir die Hälfte der hier Anwesenden nicht einmal ihren Tacker geliehen und heute überreichen sie mir Blumen und Grußkarten. Das Schlimmste ist das Essen. Fragt mich der eine doch glatt, ob ich Vegetarierin bin. Vegetarierin, ich? Die Vegetarier sind doch immer so furchtbar blass und dürr! Schrecklich. Von den Wienerwürsteln will ich gar nicht erst anfangen. Embriowiener sind das! Da ist eine mit einem Happen weg", klagte die Kommissarin. Hermann nahm lachend ihre Hand und sagte mit beruhigenden Worten: „Ach Barbara. Das ist doch alles nur halb so wild. Aber ich wüsste da einen tollen Imbiss, der dir sicher gut gefallen würde. Kennst du das GREDL´s in der Bahnhofsallee? Es wird von einem äußerst netten und begabten Mann und seiner bezaubernden Frau geführt. Ich muss zugeben, dass die Burger dort wirklich hervorragend schmecken." Barbara überlegte kurz und ließ ihren Blick durch den vollen Saal schweifen. Dann sagte sie ganz spontan: „Ich würde nichts lieber tun, als mir selbst ein Bild davon zu machen. Wie es aussieht, kommen hier eh alle ohne mich klar." Mit einem Nicken wies sie auf Christian und ihre Nichte Helena, die am Tisch gegenüber saßen und in ein angeregtes Gespräch vertieft waren. Hermann begriff erst in diesem Moment, was er eigentlich gerade getan hatte. Nach all den Jahren hatte er es endlich geschafft, Barbara zu fragen, ob sie Essen gehen wollten. Überglücklich und mit einem breiten Grinsen im Gesicht stand er auf und half ihr in ihren roten Mantel. Die Kommissarin verabschiedete sich flüchtig von ein paar Bekannten und verließ zusammen mit Hermann den Festsaal. Draußen herrschte eine angenehme Stille. Die Abenddämmerung legte sich langsam über die Dächer der Stadt. Barbara ließ ihren Blick fast andächtig in Richtung der Polizeiinspektion schweifen und ihn kurz darauf ruhen. „Das war es dann wohl", meinte Hermann mit ergriffener Stimme. Für einen Augenblick standen die Beiden regungslos da. Dann wandte Barbara

Wensch sich an ihren langjährigen Kollegen Dr. Hermann Sommer: „Weißt du, Hermann. Irgendwie lässt mich das Gefühl nicht los, dass es gerade erst richtig anfängt."

Danke...

Ich kann nicht, wie viele meiner geschätzten Schriftstellerkollegen behaupten, alle meine handelnden Figuren wären frei meiner Fantasie entsprungen. Genauer gesagt, will ich es auch nicht. Während des Schreibens habe ich oft Tränen gelacht oder innerlich geschrien, da mich sämtliche meiner Charaktere an mir bekannte Personen erinnern. Allerdings kann ich durchaus sagen, dass ich keine realen Persönlichkeiten komplett kopiert habe und dass jede Verwendung in diesem Werk eine Hommage an eben diese lieben Bekannten ist. Jede Anspielung ist garantiert gewollt und nur einige wenige haben sich im Nachhinein zufällig ergeben. An dieser Stelle möchte ich mich bedanken. Ich könnte dies seitenweise tun, da ich meinen mir gesamten zur Verfügung stehenden Wortschatz aufbringen müsste, um nur annähernd dem gerecht zu werden, was diese Menschen für mich getan haben und dafür verdienen.

Beginnen möchte ich bei meinen Freunden und denen, die durch dieses Buch zu welchen geworden sind, da sie mich immer wieder inspiriert, unterstützt und sämtliche meiner Textauszüge verschlungen haben. Sie haben alles kritisch hinterfragt, aber auch meine vielen Fragen stets von Herzen beantwortet. Danke, dass ihr einfach so seid, wie ihr seid!

Ich will mit meiner Familie fortfahren, die immer hinter mir steht und für mich da ist. Meine Eltern, die mich beflügeln und ohne die Sie diesen Text nicht lesen könnten, sind so wunderbar, dass man es nicht in Worte fassen kann. Ich wünsche jedem auf der Welt Eltern, die so fabelhaft sind, wie die meinen. Danke Mama, dass du mich immer zum Schreiben motiviert hast und es immer noch tust. Danke Papa, für die vielen Gespräche über jeden Winkel meiner Geschichte. Du kennst sie fast genauso gut wie ich.

Zuletzt möchte ich auch Ihnen dafür danken, dass Sie meine Worte bis hierher gelesen und sich damit beschäftigt haben. Sie können sich nicht vorstellen, was es für mich bedeutet, dass Sie sich für mich sogar durch die Danksagung gequält haben.

Vielen Dank für Ihre Aufmerksamkeit,

Ihre Patricia Christner, Juni 2016

Foto: Privat

Patricia Christner wurde im Jahre 2000 in Weilheim in Oberbayern geboren. Sie geht dort zur Schule und schreibt schon seit ihrer frühen Kindheit Kurzgeschichten. Seit ihrem Sieg bei einem Münchner Krimischreibwettbewerb 2015 widmet sie sich gänzlich den Kriminalgeschichten. *Barbara Wensch- Grimmiger Tod* ist ihr erstes veröffentlichtes Buch.